人民日报社文艺部 编

有力量的声音
我与人民日报

人民日报出版社

图书在版编目 (CIP) 数据

有力量的声音：我与人民日报 / 人民日报社文艺部编 . — 北京：人民日报出版社, 2019.7
ISBN 978-7-5115-6086-5

Ⅰ.①有… Ⅱ.①人… Ⅲ.①散文集—中国—当代 Ⅳ.① I267

中国版本图书馆 CIP 数据核字（2019）第 123326 号

书　　名：有力量的声音：我与人民日报
编　　者：人民日报社文艺部

出 版 人：董　伟
责任编辑：宋　娜　　谢广灼
装帧设计：秦志超

出版发行：人民日报出版社
社　　址：北京金台西路 2 号
邮政编码：100733
发行热线：（010）65369509　65369512　65369846　65363528
邮购热线：（010）65369530　65363527
编辑热线：（010）65369521　65369533
网　　址：www.peopledailypress.com
经　　销：新华书店
印　　刷：北京中科印刷有限公司

开　　本：880mm × 1230mm　　1/32
字　　数：120 千字
印　　张：6
印　　次：2019 年 8 月第 1 版　　2019 年 8 月第 1 次印刷

书　　号：ISBN 978-7-5115-6086-5
定　　价：58.00 元

序　言

李宝善

1948年6月15日，在解放战争即将胜利的号角声中，《人民日报》于河北省平山县里庄创刊，并于次年3月迎着新中国成立的曙光，随党中央一同"进京赶考"。

从第一届中国人民政治协商会议到开国大典，本报记者用笔和镜头记录了新中国的诞生；从社会主义建设的火热年代，到改革开放的澎湃春潮，从大踏步赶上时代的努力奋进，到新时代新征程的初心不改，《人民日报》始终与党和人民同呼吸、共命运、心连心，是新中国70年建设与发展的记录者、见证者和推动者。

从八匹骡子就能拉走报社的全部家当，发展成为拥有

有力量的声音
我与人民日报

报纸、杂志、网站、网络电视、网络广播、电子屏、手机报、微博、微信、客户端等10多种中外文载体、300多个媒体平台的全媒体形态新型媒体矩阵。《人民日报》的事业蓬勃发展本身,也是新中国70年发展的一道生动缩影。

2018年,《人民日报》创刊70周年。人民日报70年来的发展与成就,离不开党中央的亲切关怀与坚强领导,也离不开各界人士的关心、帮助与支持。为此,《人民日报》举办了"我与人民日报"征文活动。征文启事于2018年4月18日发出,短短六周时间,仅公开征稿电子邮箱就收到稿件近3000封,纸质稿件也数以千计。广大读者、作者通过各种渠道表达对《人民日报》创刊70年的祝贺之意,讲述自己与这份报纸的"交往"与缘分,抒发对人民日报的情感与期望。读者响应征文活动之热烈超乎预期,让《人民日报》人备受感动,也备受鼓舞。

编辑从来稿中精选出较有代表性和特色的32篇作品,在"我与人民日报"专栏刊发。这些文章的作者,有王蒙、铁凝等文学名家,有李维康、李雪健等著名艺术家,有李肇星、邵景均等党政干部,有朱永新、钱学明等民主党派

序 言

人士，更有众多来自基层、身在一线的各行各业读者。他们从不同角度讲述与《人民日报》的情缘故事，抒发对《人民日报》的深情厚谊，追忆《人民日报》在自己人生中所发挥的"定盘星""指路灯"作用。虽然职业、年龄不同，经历、身份各异，但他们对《人民日报》炽热的情感是相同的。每篇文章都有令人难忘的故事，读来让人动容。通过这些文章，《人民日报》人汲取了全心全意办好报纸、发展党报事业的力量。

在庆祝新中国成立70周年之际，我们决定把"我与人民日报"征文的作品结集出版。其中既收录已公开发表的30多篇作品，也选入一部分因为时间与篇幅限制，未来得及在"我与人民日报"专栏中刊出的作品。我们格外珍视这些直接反映《人民日报》与读者血肉联系的篇章，同时，也希望把这本蕴含着特殊情感与使命的文集，作为一件小小礼物，献给新中国成立70华诞。

2019 年 7 月

「有力量的声音
我与人民日报」

目　录

序　言
李宝善 //01

不能忘却的邂逅
李　宏 //01

"教学之宝"报中寻
朱华贤 //06

大地之恩
赵丽宏 //11

悠悠投递情
王小菠 //16

珍贵的生日礼物
邵景均 //20

痴心不改读报情
杨青峰 //25

心系民生　倾盖如故
钱学明 //29

目 录

一份珍贵遗产
韩立军 //35

那么遥远，那么近
朱永新 //40

《人民日报》，我信
梁萌萌 //45

一生相伴的情谊
谭仲池 //49

有力量的声音
丁　力 //54

难忘"磨稿子"精神
王永福 //58

珍惜这份缘
周　权 //62

难忘的投稿经历
涂怀章 //67

人生的转折点
张　值 //71

人生的桥梁
杨　朔 //74

「有力量的声音
我与人民日报」

我的剪报我的歌
宋思强 //78

与《人民日报》的不解之缘
李肇星 //82

感恩《人民日报》
刘 芳 //88

梨园春秋,与报同行
李维康 //92

从读者到作者
丘克军 //97

心仪党报大小事
李 军 //101

亦师亦友的《人民日报》
魏 凯 //106

我和《人民日报》
李雪健 //111

悟透头条写好稿
刘 宇 //115

为红色娘子军读报
王路生 //119

目 录

成长的力量
莫　测 //125

四个剪报本
王开忠 //130

三月香雪
铁　凝 //134

镌刻下更美好的记忆
王　蒙 //141

《父亲》和开放的中国
罗中立 //144

伴我"守"海疆
常树辉 //148

"口令"结交情
陈楚敏 //152

情系《人民日报》
徐新启 //155

家的"党报情结"
吴协恩 //159

一个我敬仰的地方
陈广西 //162

「有力量的声音
我与人民日报」

亦师亦友情谊长
靳国君 //166

我家两代人的党报情缘
张慰萱 //170

感怀与祝福
张岂之（思想史家、西北大学原校长）//175

邵大箴（中央美术学院教授）//176

楼宇烈（哲学家、北京大学教授）//176

叶 辛（中国作协副主席）//177

高洪波（中国作协副主席）//177

单霁翔（故宫博物院院长）//178

鲍尔吉·原野（辽宁省作协副主席）//179

阿 来（四川省作协主席）//180

麦 家（浙江省作协主席）//180

不能忘却的邂逅

李 宏

《人民日报》今年创办七十周年，我今年五十五周岁，原本是两件不搭界的事情，但命运却让我与《人民日报》有了舍不下的情结。

我的老家在川北秦巴山区"米仓古道"上的旺苍县，"蜀道难"就难在我的家乡。七十年代乡镇通公路前，祖祖辈辈通往外界的交通工具只有村里人自制的木船。1978年12月底，县里来了一个姓尹的干部，要组织全生产队的人学习党的十一届三中全会公报。开会时，尹干部从提包里抽出一张《人民日报》，咳了几下对大队和生产队干部说："感冒了嗓子痛，找一个识字的人给大家宣读一下公报吧！"

「有力量的声音
我与人民日报」

    大队和生产队干部见报纸的文章很长，脸上立马显出了为难之色。当时，村里的壮年男人和少有的几个能读报纸的人都撑船拉纤往苍溪、阆中运木耳、蘑菇、蚕茧去了。正在为难的时候，我有些胆怯地站起来自告奋勇："让我试试吧！"大队干部顺水推舟地对尹干部说："这娃今年刚考上高中，星期天回家挣工分来了，让他试试吧！"尹干部犹豫了一阵，将手里的《人民日报》交到了我手上，并叮嘱说："放开嗓子读，有不认识的字问我。"那天是我人生第一次站在一百多人面前展示自己，虽然开始时有些紧张结巴，但很快便读得流畅了，甚至有些得意忘形。会议结束时，尹干部很高兴地对我说："小伙子不错，这张报纸送给你了！"然后又对大队和小队干部说："这娃得好好培养，也许今后能当个大队书记当个兵什么的。"因为这件事，到家里提亲的人便多了起来。媒人们逢人便演绎说："这娃能把几个版的《人民日报》一字不落地读完，县上的领导都讲了，今后可能当大队书记或当兵呢！"

    两年后，我真的如愿以偿到西南部队当了兵。又过了三年，我提干当了军官，当年在生产队读《人民日报》的事被村人传得更玄乎了,说我十六岁就代表公社到生产队传达十一届三中全会精神。父亲写信时与我聊到这件事,还以此告诫我一定要做个名副其实的有文化的人。

1985年底,团政治处领导让我去分散居住的连队调查军民关系。那时下基层搞调研交通工具稀缺,我在路边等了一个多小时,才截住一个彝族老倌的牛车,在满是泥土的山路颠簸了近一个小时,临近十点才到达云雾缭绕的营区。刚一跳下车,我就被眼前的景象惊呆了,在干部战士们围成的圈子里,一群穿着五颜六色民族服装的老大妈在营区载歌载舞,营区沉浸在欢乐的笑声里。在门口迎接我的教导员王持强用一口重庆话对我介绍说:"六年了,这些老大妈一直带着歌舞、鸡鸭猪肉和自己绣的鞋垫到军营慰问子弟兵,为战士们洗被子,与家属们聊家常,附近的少数民族群众与我们相处得比亲人还亲。"

接下来的几天,我走村串寨,与彝族、哈尼族大妈们交流,与战士座谈,尝试着写了一篇报道,寄给《人民日报》。令人意想不到的是,1986年1月12日的《人民日报》在一版以《彝族"乌兰牧骑"》登了出来。政委赵福瑞拿

「有力量的声音
我与人民日报」

着报纸对政治处主任说:"几年了,我们团没有上过一次《人民日报》,更别说头版了。这样吧,让李宏来当新闻干事。"因为这篇巴掌大的文章,年底我荣立三等功;因为这篇文章,这支少数民族大妈演出队在云南出了名,领头的大妈李秀华还出席了全国双拥表彰会;因为这篇文章,我从组织股调到了宣传股,在新闻宣传岗位一干就是二十年。

1997年夏天,我被借调参加驻高原部队基层文化建设情况调研。在雪域高原最艰苦的连队行走了二十几天,官兵们的艰苦生活和乐观向上的战斗精神,常使我泪流满面。在祁连山深处,副连长高红轩穿着皮大衣,一脸高原红领着我们参观连队的集邮协会,我在那里见到了全国各地寄给他们的各种邮票,那应该是我见过的海拔最高、人数最少、最艰苦的集邮协会了。在三个人的哨所门上,我见到了一副最独特的对联:"打扑克少一人,下象棋多一人。"横批:"虽苦犹乐。"在风雪达坂,我们巧遇了骑兵连的"马背放映队",他们就着雪啃着馒头,为少数民族群众和部队放电影行走的路可以绕地球一圈……在完成写给上级的专题报告后,我将此行经历的细小故事整理出来,其中一篇叫《雪域文化风景》，很快在1997年8月11日的《人民日报》十二版刊登了出来，得到关注。

如今，我做职业军人已经三十八年，当过兵带过兵，做过新闻、文化、文艺工作，出版过六部长篇小说，拍摄过二十多部电视剧，但青葱岁月在村人们面前宣读十一届三中全会公报，在《人民日报》发短文的事却一直记忆犹新，这些短文我也一直珍藏着。我常想，如果有机会了，一定去人民日报社看看。

（作者为火箭军政治工作部电视艺术中心主任、中国作家协会会员、中国电视艺术家协会理事）

「有力量的声音
我与人民日报」

"教学之宝"报中寻

朱华贤

我不是党员,也不是领导干部,可我爱看《人民日报》,"报龄"大于教龄。我前十七八年是中学语文教师,后二十多年是语文教研员。在教研室工作期间,每年11月份,每个教师办公室可以自己选择订阅一份报纸,我选的都是《人民日报》。开头几次,办公室主任不无诧异地问:你怎么订这份报纸?在他看来——不,在不少人看来,这是中国第一大报,是领导看的,或者是党员看的。我这个小教员也喜欢,有点反常。

我爱看《人民日报》,最大的理由,就是觉得权威性强,佳作迭出,值得信赖。许多文章思想深刻,观点新颖,文采斐然,且洋溢着满满的正能量,不但适合语文教师自己学习，还可以推荐给中学生做课外阅读，是非常重要的课外阅读材料资源。

我爱读的版面和栏目很多，特别喜欢的有"今日谈"，放在头版，虽只短短百把个字，总是小小的一框，可视角独特，发人深思。"人民论坛"是我必看的栏目。它一般安排在四版的右上角。这里的文章大多有史实有底蕴有文采，许多篇目我都推荐给了学生，比如《每一朵雪花都应愧对雪崩》，作者林璞，发表于 2014 年 6 月 12 日。开头就让人惊艳："草原上，几头狮子在围猎，羚羊群惊惶逃散。狮子合力扑倒一只，其余的羚羊见状不再奔突，而是在远处一边吃草，一边看着狮子噬咬自己的同伴。"再看结尾："'全世界的黑暗，都挡不住一根蜡烛的光明。''光明前进一分，黑暗便后退一分。'是的，'烛光'之微与'雪花'之轻，因着各自所追求和承载的不同，最终带给这个世界的，是温暖光明和冰冷黑暗的云壤之别。"你看，其内涵，其韵味，多丰沛！多传神！还有《"蛙跳心理"与"冠军智慧"》《做一朵抱守初心的雪莲》等文章，我也推荐给同事和学生们。2016 年 9 月 13 日，我自己撰写的《常

「有力量的声音
我与人民日报」

问自己"最缺什么"》一文,居然也在这个栏目中刊发了,这让我大大激动了一阵,发到朋友圈后瞬间收获了无数点赞,一些热心微友还转发了它。从那以后,我对"人民论坛"更是每文必读。

在阅读过程中,我发觉"评论"专版也相当亮丽。此版大多安排在五版,文章以原创为主,几乎篇篇态度鲜明,掷地有声;偶尔插几篇转载,读后口留余香。在深入阅读过程中,我发现散编在其他版面中的评论或随笔,也佳作纷呈。比如2016年3月13日刊发、作者为李拯的《思想的尊严只属于人类》一文,我就特别欣赏。其时,谷歌公司的人工智能程序"阿尔法围棋"两度战胜世界围棋冠军李世石,让有些人不禁疑惑:人类会不会被智能机器人彻底击垮?这篇评论非常及时地给予回答,文章既有新闻的时效性,又有思辨的逻辑性,也有语言的艺术性。既鞭辟入里,又高屋建瓴。我阅读后,当即作为议论文的典范推荐给大家。

作为重点必看的内容,还有最后一版的"副刊"。我是一个有四十多年"文龄"的老文青,在我看来,阅读文学作品，几乎可与衣食住行并列。十多年前，我就专门在电脑里设置了一个文件夹，命名为"时文"，里面都是从"大地"副刊中下载的佳作，有五六千字的长文，比如报告文学《驯虫记》，作者徐锦庚，写李延荣养蟑螂的故事；又比如，《智慧之翼》（"逐梦"栏目），李青松写无人机的。这些文章虽长，但妙趣横生，读后让人大开眼界。也有千把字的短文，比如尚书华的《改衣》（"遇见"栏目），刊发于2017年8月28日。这篇文章以小见大，生动反映了社会变革。作为教育工作者，"文教周刊"也是我必看的，如遇佳作，都在推荐之列。比如王慧敏的《想起那个叫霞的同学》，刊发于2016年7月14日。这篇文章，正像第一句所言："一个转笔刀，改变了一个人的人生轨迹！"极具震撼力。我把这些佳作设计了阅读理解题，引入期末语文试卷中。

现在我已经退休，阅读《人民日报》就成了我的精神早餐。每天晨练后的第一件事，就是网上阅读这份一大早就上传的大报。我印象中的《人民日报》，高端而不失亲民，大气而不无灵巧，稳重而不乏创意。这里蕴藏着最优质而丰富的教学资源,真是琳琅满目啊,值得好好利用。

(作者为浙江省杭州市萧山区教育局退休职员)

大地之恩

赵丽宏

广袤葱茏的大地,哺养了世间所有的生灵。我在大地上行走,在大地上成长,在大地上留下生命的脚印。一个在大地上行走探索的跋涉者,怎能不铭记大地的恩情!

写出这样一段抒情的话,心里想着的是《人民日报》的"大地"副刊。在我心里,"大地"副刊是我的母刊,如果没有"大地",没有"大地"对我的关爱和培养,也许就没有我的今天。记忆中,有很多和"大地"有关的难忘记忆,虽然过去很多年,依然历历在目。

四十多年前,我还是崇明岛上的一个下乡知青,因为热爱文学,向往"大地",多次给《人民日报》副刊投稿,引起袁鹰先生关注。他发表我的习作,经常写信鼓励我。

「有力量的声音
我与人民日报」

袁鹰先生是散文大家，我少年时代就喜欢读他的文章。那时，做梦也不敢想，我这样一个生活在最底层的下乡知青，会有机会认识袁鹰，我那些在油灯的微光下，在粗糙的稿纸上写成的稚嫩文字，会引起他的关注。

第一次收到袁鹰先生的信时，我几乎不相信自己的眼睛。他在信中告诫我："要多读书，多体验生活，不要急着写。要多看多想，然后慢慢写。"这样的鼓励和指点，犹如温暖的灯光，在灰暗中照亮了我眼前的路。记得1975年春天，袁鹰先生来上海组稿，他专程来崇明岛看我。那年，我才二十三岁，还是个未出茅庐的文学青年。面对敬仰的文学前辈，我既紧张，又忐忑。袁鹰先生拉着我的手，笑着说："哦，你就是丽宏，这么年轻啊！"他的真诚随和，消除了我的紧张不安。袁鹰先生离开崇明岛时，我陪他一起乘渡轮去上海，在船上，我们站在甲板的船舷边，面对着浩瀚的长江入海口，说了很多话。他询问我在乡下"插队落户"的生活，问我读过一些什么书，也谈到了年轻时追求文学、参加革命的往事。他说话时亲切的态度，就像是面对一个老朋友，没有一点架子。那时，我觉得自己前途黯淡，情绪有点低落。袁鹰先生大概发现了，微笑着安慰我说："你的人生才刚刚开始呢，要看得远一点。"我们说话时，江面上有海鸥盘旋，可以听见它们欢悦的呼叫，还有翅膀拍击波涛的声音。袁鹰先生看着在水天间翔舞的海鸥，意味深长地对我说："你看，天高水阔，可以自由地飞。"

和袁鹰先生在长江口倾心交谈的情景，仿佛就在昨天，但时光已经过去近半个世纪。这四十多年来，袁鹰先生一直关心着我，他主编的"大地"副刊，曾发过我的多少散文和诗歌，已经难以计数，每篇作品的发表，都有让我难忘的故事。1976年10月，粉碎"四人帮"后的第一时间，袁鹰先生约我和刘征泰写报告文学，采访上海各界人士当时激奋欣喜的心情，写成报告文学《旌旗十万斩阎罗》，在《人民日报》副刊以近整版篇幅发表。

1977年恢复高考，我考入华东师大中文系，袁鹰先生来信祝贺我，并希望我上了大学不要放弃文学创作。在校期间，《人民日报》"大地"副刊的编辑解波来学校向我约稿，她带来了袁鹰先生的问候，她告诉我，"大地"副刊要新设一个短散文栏目，反映社会新风尚。我在大学的

有力量的声音
我与人民日报

教室里写了一篇题为《雨中》的散文,写生活中的一件小事,表现人性的善美。解波把这篇散文带回北京后,作为"大地"副刊新设栏目"晨光短笛"的开篇,发表之后,被广为转载,还获得《人民日报》优秀作品奖。《雨中》后来被收入语文教材,三十多年来,曾收入国内十多种中小学语文课本中,这也体现了"大地"副刊巨大的影响力。

我不知怎样才能表达我对"大地"副刊的感恩之情,这种感情蕴藏于内心深处,是我人生的珍贵财富。我敬仰的前辈袁鹰先生,从四十多年前相识起,成为我终身的师友。

很多年来,已经有了这样的习惯,写出新作时,总是会自问:能不能先给"大地"副刊看看?近几年,我又开始写诗,我想用一本不同于年轻时代风格的诗集,反思我的人生,也反思我所经历的时代。我陆续把新写的诗作寄给"大地"副刊,心里有点担心,这些带有实验性的诗作,会不会被"大地"接受。"大地"副刊又一次以宽广仁厚的怀抱接纳了我,在一年时间内,以很大的篇幅三次发表了我的组诗《光和预感》《大地上的脚印》《记忆的潜游》,

引起很多读者的关注。这些诗，成为我2016年底在人民文学出版社出版的诗集《疼痛》的骨干。

《疼痛》出版一年多，已经有七种外文译本在国外出版，这在从前是难以想象的事情，而这样的文学传播，也是源于"大地"。改革开放使中国的经济高速发展，也使中国的文学真正走向了世界。最近，上海静安图书馆为诗集《疼痛》举办了一场多语种诗歌朗诵会，请了很多在中国生活的外国青年，用英文、法文、西班牙文、保加利亚文和塞尔维亚文朗诵。

此刻，心里对"大地"满怀着由衷的感恩，这种感恩，是一条绵延不断的温暖清流。袁鹰先生那种真诚负责和勇于担当的品格，在大地副刊一代代相传，一直到今天。作为大地副刊的作者，四十多年来，我和副刊的几代编辑交往，我会永远铭记着那些美好亲切的名字。

（作者为上海市作协副主席）

「有力量的声音
我与人民日报」

悠悠投递情

王小菠

父亲当年走的邮路,从县城到最边远的一个民族乡,全程一百五十六公里,村子分布在崇山峻岭中,当时不通公路,全靠"铁脚板"一步一个脚印地走出来。

为了让边疆少数民族能够看到《人民日报》,及时了解党和国家的方针政策,父亲在如此艰苦的条件下,无论春夏秋冬,还是阴天下雨,长年累月地行走在这条邮路上。

最怕发生的事情那一天还是发生了。上世纪五十年代初的一天晚上,父亲穿过一片森林时,突然听到"啪、啪、啪"的几声枪声,聪明的父亲急中生智,迅速把装有《人民日报》的邮包藏在草丛中。几分钟后,四个蒙面人包围了父亲,嘴里不停地喊:"丕斗!丕斗!"(匪语:交出钱来)。土匪在父亲身上搜了几遍,没搜到啥值钱的东西,只搜到一包香烟,就用枪托把父亲打倒在地。待土匪走后,父亲才将《人民日报》送达当地乡政府。

1979年我从部队退伍回到家乡。那个夏天,雨水特别多,老天爷连续下了十多天大雨,父亲在投递《人民日报》的途中,遭遇泥石流,躲避不及,被泥石流冲下六十多米。当地群众知道后迅速展开救援,人们将父亲抬到河岸边时,父亲还有一口气,两只手仍紧紧抓住那个装有《人民日报》的绿色邮包。待我和家人赶到现场时,父亲已经永远离开了这个世界。

父亲走了,收入没了,今后的日子怎么过？此时此刻,党和政府给我家送来了新的希望,单位领导考虑到我们家的实际困难,决定让我继承父亲的职业,当乡邮员。从此,我背上父亲当年用过的那个绿色邮包,继续投递《人民日报》。

与父亲不同的是,我改走了另外一条乡邮路——昆南,单程三十公里,当天往返。可以在白天行走,看得见,摸得着,更没有人会抢邮包,不必担心安全问题。

「有力量的声音
我与人民日报」

昆南一带是革命根据地，但山高坡陡，不通公路，全靠步行，隔山看得见，行走要一天。天长日久，邮路沿途的群众与我成了朋友，都很信任我，经常叫我帮他们从城里购买些针头线脑等小物件带回来。昂洪村一个叫李扎者的退休工人，因年老多病，不方便到城里去取工资，他把图章交给我，每个月都叫我帮他取回工资，直到他离开人世为止，我共为他取回工资八万多元，分毫不差。

随着国企改革的深入发展，1998年，曾经"一家独大"的邮电局，一分为二，即邮政局、电信局。按照当时的分营政策，我被分在邮政局，继续行走乡邮路。

我喜欢看《人民日报》，长年累月与报刊打交道，慢慢地走上了"爬格路"：购买照相机，学习摄影；拿起笔杆学着写点"豆腐块""火柴盒"，把邮路沿线的所见新闻写成消息，投给报社。三十多年来，我先后在省内外各类刊物上发表作品六百多篇(幅)，获奖作品六十三篇(幅)，被聘为省内外十多家媒体特约通讯员。

由于投递工作做得好，群众信任我，我所在的乡邮政所，连年超额完成《人民日报》的征订任务。那年冬天，

悠悠投递情

一位农村退伍老兵病在床上,得不到外界的一丝信息,我自掏腰包一百九十八元,为他订阅一份《人民日报》,后来他成为养殖专业户。

光阴似箭,日月如梭。转眼之间,我已经在乡邮路上行走了三十多个春夏秋冬,可绕地球二十圈。历经沧桑,昔日的壮小伙,如今已变成小老头,满脸"梯田",满头"银丝",腰弓了,背驼了,但我骄傲,我自豪,因为我为祖国的邮政事业做了贡献,为投递《人民日报》出过一份力。如今,我光荣地退休,离开了我洒满汗水和脚印成串的那条乡邮路。

值得庆幸的是,我的姑娘很争气,大学毕业以后,又报考到邮政局工作,同事们都说:"老王家都成了邮政世家了!"我的回答很干脆:"假如有来生,我还当乡邮员,还去送《人民日报》……"

退休以后,我仍不弃不舍,笔耕不辍,相机随身,继续在"爬格路"上耕耘,搞点诗歌、散文、小小说、图片等,向《人民日报》投稿,传递正能量,鼓舞后代人。

(作者为云南蒙自退休职员)

「有力量的声音
我与人民日报」

珍贵的生日礼物

邵景均

日子过得真快,七十了!虽说"人活七十古来稀"是句老话,如今活八十、九十乃至一百多岁的越来越多,但对我来说,七十岁生日终究是个"大日子",企盼着唯一的女儿送我一份有意义、有价值、能够与我相伴终生的礼物。生日前,我不止一次地隐晦地问过她,她总说,放心吧,一定会让你有个意外的惊喜。我疑疑惑惑。好不容易熬到生日当天,女儿带着丈夫和一双儿女来了。她笑盈盈地打开一个包,故意慢慢地拿出一方纸盒,双手捧着,说,爸爸,这是孝敬您的生日礼物,希望您喜欢。我迫不及待地打开纸盒,五彩的纸一层又一层,最后展现在我面前的,是个制作精良的画匾——右侧,是我的照片;左侧,则是

珍贵的生日礼物

我出生那天《人民日报》第一版的版面。我面对画匾，真的是瞠目结舌。你怎么会找到我出生那天的《人民日报》？你怎么想到这张报纸会是我的意外惊喜？女儿说，你的心思我能不知道？那天生日吃的什么，别人给我什么祝福，我一概不记得了，脑子里就是"人民日报"四个字。

现在的年轻人可能不理解，对我们这一代人来说，《人民日报》近乎一个神圣的字眼。它是中国共产党中央委员会机关报，传达的是党中央的声音。在《人民日报》上发表理论文章，是当年我等一般人想都不敢想的事。可是，"文化大革命"结束后，我竟然也成了《人民日报》的作者，而且在迄今四十多年间，居然在《人民日报》上发表了二百三十多篇理论文章。其中第一篇文章是1977年2月22日的《罗思鼎要把人们引向何处》。这是一篇批判"四人帮"写作班子罗思鼎的文章。《人民日报》发表时还加了"编者按"，称它"那犀利的笔锋，像投枪一样，直刺'四人帮'的胸膛"。这篇文章，给我的鼓励和教益是巨大的、多方面的，不但增强了我探索真理、坚持真理的决心和信心，而且激励我走上学习和研究社会科学的道路。

「有力量的声音
我 与 人 民 日 报 」

以此为发端，我成为《人民日报》忠实的读者、忠贞的作者。四十多年来，不论在哪个岗位工作，也不论多忙，我总记得给《人民日报》写稿。人民日报理论部有同志坚称，我是改革开放以来在《人民日报》发表理论文章最多的作者。不管是不是吧，我感到他们对我这个作者一直很尊敬，很器重。2003年7月11日，时任《人民日报》总编辑的张研农，在《人民日报》理论版发表《源于实践 与时俱进——读邵景均〈居安之思〉有感》，对我和我的文章给予高度评价。我非常感动。一个作者，能得此殊荣，足矣！

我从一个解放军战士走上社会科学研究道路，《人民日报》起了重要作用。1979年，部队领导决定让我转业，到哪里去呢？感谢时任《人民日报》理论部主任李玉田的热情推荐，我才得以到山东社会科学院工作。从此，我找到事业的支撑点，立志把全部生命贡献给祖国的社会科学研究事业。

我是"文革"开始时高中毕业的"老三届"，没有正儿八经地上过大学，理论功底薄弱。在自学社会科学理论中，《人民日报》，特别是理论版和学术版，成为我的活页教科书。多年来,我一直用心学习《人民日报》的理论文章。文章的作者和编者,就成了我的老师。改革开放以来,《人民日报》在理论宣传上逐渐形成自己的风格和特色。她始终保持正确的政治方向而又比较生动活泼,理论性、学术性、思想性很强而又通俗易懂,思想解放而"不逾矩",注重摆事实讲道理而不盛气凌人。从这位可亲可敬的老师身上,我不但学到许多知识,也学到了正确的立场、观点和方法。如今讲到自己理论和学术上的进步,就不能不讲到《人民日报》的师情。

文为师,人亦为师。在与《人民日报》理论部交往的四十多年间,不论是老一辈编辑,还是现在仍然工作在理论部编辑岗位上的年轻一辈,都是那么令人尊敬。他们不但学问好,编辑水平高,而且真诚待人,热情助人,平等地对待作者。有这样一些出色的编辑,还能办不好报纸吗?与他们交谈、交往,总能学到一些好东西,让人感到愉快。所以,我一直把他们当作良师益友,碰到疑难问题愿意向他们请教,愿意为办好理论版直率地提出意见,也愿意向他们投稿,尽心竭力地完成他们的约稿。我清楚地知道,

「有力量的声音
我与人民日报 」

从作者的初稿,到最后的见报稿,中间倾注编辑们的大量心血。不论是一字千金的改动,还是谋篇布局的颠覆,都表明,每一篇文章并不只是作者个人的创作,而是作者与编者合作的结晶。

我常想,《人民日报》是党的喉舌,人民的报纸,之所以能够在国内外保持崇高的声望,靠的就是正确传达党的主张,反映人民的心声。她所扮演的正是这种亦师亦友的角色。她对读者、作者和人民的情愈深,这种角色就扮演得愈好。

画匾会伴我一生,《人民日报》也会伴我一生。因为它珍贵。

(作者为中纪委研究室退休干部)

痴心不改读报情

杨青峰

我参加工作之初,一位县委副书记背诵《人民日报》社论的故事对我影响很大。每天清晨,当别人还沉睡在梦乡的时候,他已经早早在院子里灯光下拿着《人民日报》背社论。由于坚持不懈地学习背诵,他每每讲话做报告总有新的思想新的观点新的语言,所写的文章在《人民日报》《陕西日报》等报刊发表,是有名的"秀才"书记,机关上上下下都叹服他的学习精神。大家知道,他资格虽老但仅有高小文化程度,硬是凭着不断学习的顽强毅力,从乡干部一步一步走上县委副书记岗位。那时他才三十岁出头。

1965年至1966年,农村社会主义教育运动中,我有机会在他领导下工作,见证他孜孜不倦的学习精神和一丝

> 有力量的声音
> 我与人民日报

不苟的工作作风。在多次集体学习讨论中，他能够把《人民日报》社论原原本本背下来，不拿报纸也能说得十分详细具体。我那时主要是搞材料综合方面的工作，但凡向上所报向下所发的材料最后都要由他审定，他对材料的严格把关，一是根据上级政策规定，二是根据《人民日报》社论精神。在他的影响下，我以敬畏之心认真阅读《人民日报》，边阅读边记录，据此写作通讯报道和言论文章，开始在报刊、电台发表和播出。在任县委通讯干事期间，我有一些报道在《人民日报》发表。

1981年底，我调到宝鸡市委宣传部工作，担任新闻科科长。其间，与《人民日报》联系机会更多了，先后发表十多篇报道稿件和言论文章，如《"钉子精神"赞》（《人民日报》1991年2月25日）。有的发表后产生很大反响，得到好评。2002年秋，我从宝鸡市社科联主席转任宝鸡市科协主席，曾经在新闻科长任上接待过的《人民日报》记者蒋建科，在完成采访任务后特地来看我，在叙谈间我无意说到特别喜欢阅读《人民日报》副总编辑梁衡的散文，并谈了对其多篇文章的感受。过了七八天，蒋建科从北京

痴心不改读报情

打来电话说,他把和我在宝鸡的交谈情况汇报给梁衡同志后,梁衡同志特意将一套《梁衡文集》送我,已经托人将书捎到陕西记者站让我去取。我当下喜出望外,感激之情溢于言表。十多年来,这件事一直萦绕在我的脑海,仿佛一股暖流在心头流淌。我把这套书搁置案头,不时翻阅,受益匪浅。特别是退休后,我更是认认真真阅读,学习写作,在各类报刊发表了近百篇散文,充实了我的退休生活。

如今,我已过"古稀"之年,但痴心不改,始终没有放弃阅读《人民日报》的习惯,这种习惯主要来自对《人民日报》的感情,来自报纸给予我的帮助和进步。我每天清晨打开电脑首先阅读的是《人民日报》,边阅读边做笔记,已经将三个笔记本记得满满的。同时我还写点东西参与报社的活动。如评论部开办"群众抒群言"栏目时,我写的《要注重程序意识》《长风盛行为哪般》等发表,编辑在寄来样报的时候,还鼓励我多写常写。当然,写与不写对我已经无关紧要,但是从参加工作之初就受到那位县委副书记的影响,认识到阅读党报特别是《人民日报》的重要性。我参加工作四十多年,从一个农村娃到县委办公室干

「有力量的声音
我与人民日报」

部、县广播站编辑、县委通讯干事、市委宣传部新闻科长、市社科联主席、市科协主席,一步一步走过来,成长为一个领导干部,从内心深处感觉到,学习阅读《人民日报》是须臾不可或缺的,不仅是指导工作的需要,也是提高人格素养和生活品位的需要。何况还有与报纸与编辑们的那份深厚情谊呢!

(作者为陕西省宝鸡市退休干部)

心系民生 倾盖如故

钱学明

作为一名地方的党外干部,我在几十年工作中频繁接触着《人民日报》,但没想到近些年会和自身工作产生如此密切的交集。

事情还要从 2014 年 3 月说起。那时,我向全国政协十二届二次会议提交《关于发挥乡镇卫生院作用关键在于留住医生的提案》。针对各地农村缺医少药的现实难题,我提出"推进县级医院与乡镇卫生院一体化管理改革"的建议,引起了新闻媒体的关注。

不久,就有人主动联系我,自称是《人民日报》的记者,希望能从提案缘由的角度写一篇《委员手记》。坦白地说,我接到电话的第一反应就是"他会不会是骗子呀"。但当

「有力量的声音
我与人民日报」

记者流露出对推动农村医疗改革的真诚关切后，我迅速打消疑虑并爽快答应了约稿。

于是，这才有了当年4月16日《人民日报》上我的署名文章《乡镇卫生院拿什么留住人才》。我在文中道出各地乡镇卫生院普遍留不住人才的体制机制根源。短文发表后，被各大媒体迅速转载。

自己的观点得到《人民日报》的认可，给了我很大鼓舞和信心。兴奋之余，我想如果能够在一个地方进行"县乡一体化改革"试点，那就更好了。可是，改变原有体制机制的事情，哪有这么容易呢？

前些年我们民建广西区委在石漠化地区开展探索实施生态教育移民、建设家庭水窖等实践，在成功实践基础上形成的提案建议，都被党委、政府重视采纳，也得到《人民日报》等媒体关注。2014年8月20日，我又应约在《人民日报》上发表文章《建言应与践行结合》，提出"既要动口建言，又要动手办事"的观点。文章的刊出，大大增强了我推进县乡医疗一体化改革试点的决心和信心。于是，我想方设法寻找试点的合作伙伴。

心系民生 倾盖如故

功夫不负有心人。时隔不久，我与南宁市上林县主要负责人谈起农村医改，恰好对方正为乡镇卫生院医务人员大量流失的问题苦恼。他们对我提出县乡一体化管理的办法、对策十分认同，决定依此进行改革。

时至今日，我还清楚记得：那天我就随身带着2014年4月16日的《人民日报》。这不仅给了我推动县乡一体化改革的底气，也给了上林县信心。

2014年10月27日，上林县正式启动推进县乡医疗卫生服务一体化改革，迅速让县医院整合了资源、提高了效率和效益，乡镇卫生院增多了业务、提升了效益。出乎意料的是，此项改革不仅让农村病人能在家门口看病，而且新农合医保提供较高的报销比例后，总开支竟然还减少了。

2015年3月，我高兴地带着上林改革的成功经验，向全国政协十二届三次会议提交《关于改革乡镇卫生院体制县乡一体方便农民看病的提案》，引起媒体的高度关注。长期关注群众看病难题的《人民日报》记者们更是直接来到上林县，进行现场调查和采访。

2015年4月27日,《人民日报》刊发文章《乡医院找"婆家"》,放在精心策划的"民生调查·一线探医改"系列第一篇,当天的《人民日报》不仅用"头版导读"推荐,还发了评论《民生观:小手牵得上大手吗》。我在喜出望外之余,真切地为《人民日报》持续跟踪和积极推动农村医改而感动。

《人民日报》对"上林医改"的大篇幅报道,引起各级医改部门的高度重视。2015年9月,"上林经验"刊登在国务院深化医药卫生体制改革有关简报上。受此鼓舞,上林县按照之前设计的第二阶段方案,有序推进县中医院、妇幼保健院、村卫生室等一体化改革,实现县域内农村医疗服务体系完全一体化。自2016年起,"上林模式"先后被写入广西"十三五"规划和自治区《政府工作报告》。

2017年初,《人民日报》再次约我就全面深化农村医改问题撰写文章。2月15日刊登了我的署名文章《破解农村"缺医少药"难题》。受此鼓舞,我于3月初再次在全国两会提出建议,引起主要媒体的广泛关注,有力地推进了我国农村医改工作。4月26日《国务院办公厅关于推进医疗联合体建设和发展的指导意见》明确指出,在县域主

心系民生 倾盖如故

要组建医疗共同体。重点探索以县医院为龙头、乡镇卫生院为枢纽、村卫生室为基础的县乡一体化管理，与乡村一体化管理有效衔接。

作为党中央的机关报，《人民日报》不仅积极宣传党和政府的政策主张，还高度关注社会民生热点问题，体现着新闻媒体独有的责任担当。

今年4月11日，《人民日报》刊登对我的专访文章《全国政协委员钱学明谈委员建言践行：参在点子上 议在关键处》，作为"委员履职故事系列"的第三篇报道。既要"动口建言"，还要"动手办事"，这是政协委员的职责所在，我这些年来不过是主动做了一些探索和实践，而《人民日报》对民生领域提案建议的长期关注和跟踪报道，不仅帮助我扩大了社会影响，还助推改革试点实践，更提升了参政议政实效。从这个意义上说，《人民日报》在积极推动保障和改善社会民生的同时，为我国社会主义协商民主广泛多层制度化发展做出了积极贡献。

今年是各民主党派响应中共"五一口号"70周年，也是《人民日报》创刊70周年。面向新时代，我将不忘合

「有力量的声音 我与人民日报」

作初心,与《人民日报》一道继续关注社会民生,履职尽责,建言践行,努力为满足人民群众对美好生活的向往做出自己应有贡献。

(作者为全国政协委员、广西壮族自治区政协副主席、民建广西区委主委)

一份珍贵遗产

韩立军

我爷爷出生于动荡不安的1917年,斗大的字认识不了一箩筐,却机缘巧合,与《人民日报》结下不解之缘。他零距离接触和见证报纸诞生的过程,一个普通农民有了不普通的际遇和经历。这成为他一生的骄傲与自豪。

我自小也与《人民日报》有缘,因为是听着"爷爷与《人民日报》的故事"长大的。这个故事,我听了不知多少遍,却百听不厌;这个故事,爷爷讲过很多次,却常讲常新。我清楚地记得,每次说起这个故事,爷爷年迈而浑浊的目光便马上清澈起来,变得炯炯有神,那段被光亮映照的历程,是他生命里的华光。

上世纪四十年代,爷爷到家乡所在的河北省邯郸市一

「有力量的声音
　我与人民日报」

1946年5月,晋冀鲁豫《人民日报》编辑部在邯郸的社址——小白楼,正门上方有"人民日报馆"字样,左侧写着"新华通讯社"。张磐石保存,张志钢提供。

个旅馆做伙夫。一天,旅馆老板把店里伙计都召集起来说,旅馆要租赁出去,人员就地解散,唯有伙夫可以留下继续工作。就这样,爷爷无意中参与了一项"重大工作",成为历史见证者。

第二天,旅馆所在的火磨街东口二层小楼外墙,出现"人民日报馆"几个大字,红色的油漆,在灰暗的墙上显得格外醒目。原来,华北重镇邯郸成为晋冀鲁豫边区首府后,晋冀鲁豫中央局决定办一张报纸,这就是即将诞生的《人民日报》。

爷爷没有文化,也不知道报纸的作用和价值,更没有意识到这项工作的重要性,他的任务就是为大家做饭。据爷爷讲,当时的工作人员并不多,做饭任务也不繁重,所以闲暇时就看着报社工作人员忙碌。小楼是个独门独院,内部的结构是开放的,也就是说,站在一个地方,可以看到另外任何地方。爷爷每天看到的都是紧张有序、穿梭不停的身影,有人伏案疾书,有人编辑校对,还有人在院子里一刀一刀地搞木刻,听说是制作栏头、标题、题词、画像等用的。

「有力量的声音
我与人民日报」

  爷爷说,自己虽然是个"外人",但因为院里人不多,地方也不大,所以认识很多人,知道很多事。当时,张副部长(张磐石)是负责人,戴一副眼镜,文质彬彬,说话特别和气,据说是留过学的;有个叫小安(安岗)的小伙子,风风火火,雷厉风行,似乎总有使不完的劲;还有一个老袁(袁勃),年龄看着大一些,成熟稳重,不多说话,像是总有心事似的……每当说起这些,爷爷都如数家珍,娓娓道来,似乎在讲述着一个并不遥远的故事。可见这段经历已经深深镌刻在爷爷的内心深处。

  美好的记忆总是短暂的。令爷爷感到新鲜、兴奋和激动的这项工作,因为战事紧张,《人民日报》随晋冀鲁豫中央局外迁而变化。爷爷与《人民日报》的缘分告一段落,但心中却播下与《人民日报》深厚的感情种子。也许,历史不会记得那个无足轻重的木讷伙夫,但爷爷却已经把《人民日报》当成他生命中休戚与共的一部分。

  爷爷回到故乡刘大寨村后,让三个儿子全部去学堂读书。这在炮火隆隆的战争年代,对于并不富裕、世代农耕的家庭来说,不仅难能可贵,而且还产生了轰动,村里很多人都不理解，不知爷爷葫芦里卖的是啥药。他们不知道，爷爷与《人民日报》的短暂邂逅，已在心里播下希望和憧憬，因为他通过接触办《人民日报》的这些人，看到知识的重要和文化的神圣！正是得益于《人民日报》的影响和启迪，一个地道的农民下定决心让孩子都接受教育，进而培养出医生、教师和铁路干部，而且荫及子孙，专家、教授、公务员辈出，成为受人赞誉的文化家庭。

爷爷1996年去世后，我们打开他珍藏的一只枣木箱子，发现里面竟然是一沓沓各个时期的《人民日报》。很多人都百思不解：爷爷没有文化，《人民日报》传播的理论他不可能懂，文章他也读不下来，留这些报纸究竟干什么呢？我想，他珍藏的应该是他对《人民日报》的一份朴素的情感。这份情感里凝聚着他对外面世界的憧憬，凝聚着他对一段情缘的感恩。而那白纸黑字的印刷品，绝不是简单的报纸，而是一份珍贵的遗产。

（作者为河北省邯郸市中心医院职工）

「有力量的声音
我与人民日报」

那么遥远，那么近

朱永新

在中国，不是所有的人都会读《人民日报》，但恐怕无人不知晓《人民日报》。作为中国政治生活的消息树，无论是党和国家的重大方针政策，还是震撼国人的先进典型与重大事件，总是在这里正式发布，率先推出。

高远，常常因高而远。因此，虽然我早在读大学期间，就经常翻阅《人民日报》，但主要是看"大地"副刊上的一些文章。我敬仰的一些作家，经常有最新的文章发表在副刊上。大家小文，最见功力。那些文章也常常成为我学习写作的范文。只是，那时的我，总觉得《人民日报》是党和国家的喉舌，应该由权威人士发出声音，在我眼里，《人民日报》距离我仍然是遥远的。

那么遥远，那么近

《人民日报》成为我每天必读的报纸，是从我担任苏州大学教务处处长开始的。负责一所大学的教学管理工作，必须了解国家的大政方针和教育政策，《人民日报》自然是一个不可或缺的重要窗口。从那个时候开始，我自己订阅《人民日报》。无论是后来到苏州市政府担任副市长，还是到北京担任中国民主促进会副主席，《人民日报》一直陪伴着我。

与《人民日报》的近距离接触，应该是2003年除夕夜。那天晚上，《人民日报》记者温红彦给我打来电话，说想写一些普通人的除夕夜。因为前不久她和《中国青年报》的记者谢湘、《人民政协报》的贺春兰等到苏州采访，听到了一些新教育实验的故事，很是感动，她电话打过来的时候，我又恰好在和教育在线网站的新教育老师们同吃"网上年夜饭"，于是，她写了一篇讲述我们网络年夜饭的消息，发表在新年第一天的《人民日报》上。

虽然那是一个综合消息，但是，从《人民日报》的读者，变成《人民日报》的采访对象，心理上的距离骤然拉近。不久，《人民日报》记者又专程到苏州采访"新教育实验"，

> 有力量的声音
> 我与人民日报

这场改变许多学校教育生态的教育行动研究,登上《人民日报》,对我和新教育同人是很大的激励。

也是在这一年,我从《人民日报》的读者,变成了作者。我撰写了《把网吧建成学习化社区》和《高考制度需要深刻变革》两篇文章,记录了我对教育一线的反思与建议,先后在《人民日报》上发表。

读者会把自己喜爱的报刊,视为精神的窗口。作者会把自己喜爱的报刊,视为精神的家园。从纯粹是读者到身兼作者,《人民日报》对我而言是由远及近的过程,给我带来特别的亲近感与亲切感。此后,我每年都会在《人民日报》发表一些文章。它们就像一个个脚印,记录着思考的痕迹,也记录着行动的痕迹。

教育问题、阅读问题,是我长期关注的重点。尤其在2008年前后,吴焰同志到《人民日报》工作之后,约我为她负责的版面写稿,我围绕阅读问题写的一系列文章,如《有书香才有故乡》《书卷气也是领导力》《拧紧时间的水龙头》《把生命读成传奇大书》《思想不应私享》《让阅读成为国家节日》《书香更醉人》《全民阅读 刻不容缓》

《在阅读中拥有"心力量"》等,都产生了一定影响。

后来,在赵丽宏先生的引荐下,我先后认识了《人民日报》文艺部的李辉、董宏君、罗雪村等编辑朋友。他们鼓励我为副刊写点文字,所以我偶尔记录生活的随笔,也进入了"大地"副刊的版面,《一个人与一个小镇》《缘自乡愁》《共同成长的幸福》等随笔先后发表。

每年两会,是我以委员代表身份集中进行鼓与呼的时节,我的一些文章也会在两会期间发表,如《你不称职,意味着67万人缺席》《经济新常态需要精神新状态》《人心就是力量》《政协就在你我身边》《向人民履约》《你会用多久讨论问题?》《当好"扩音器",做好"共鸣箱"》《大国崛起从文明崛起》《赶赴一场"春天的约会"》等,许多文章都引起强烈的反响。如《你不称职,意味着67万人缺席》发表后,各大媒体纷纷转载,评论多达一千两百万条。

我感到特别荣幸的是,关于阅读的一篇长文《改变,从阅读开始》,《人民日报》曾以很大的篇幅发表。

在这篇文章中,我提出,一个人的精神发育史就是他

「有力量的声音
我与人民日报」

的阅读史,一个民族的精神境界取决于这个民族的阅读水平,一个没有阅读的学校永远不可能有真正的教育,一个书香充盈的城市才能成为美丽的家园,共读共写共同生活才能拥有共同的语言和价值,从这些方面论述了阅读的意义。与其说这篇文章是我用手写出来的,不如说这篇文章是我和千千万万新教育同仁用脚踩出来的。不知不觉中,《人民日报》也一路记录着我们行动的脚印。我和《人民日报》已经变得密不可分。

从读者到作者,从遥远到亲近,我想,这不仅是我和《人民日报》之间距离的转变过程,也是个体从文字落实到行动之中,从现实追逐着理想而去的征程。在《人民日报》的陪伴下,这些年来,我阅读美好的文章,以引领自身;写作美好的文章,以记录践行。如果每一个读者都以智慧的文字对照反思,如果每一个作者都以真诚的行动落实心声,世界将更精彩,未来会更美好。

(作者为全国政协常务委员、副秘书长,民进中央副主席)

《人民日报》，我信

梁萌萌

静下来想想，我对《人民日报》最初的记忆，就是爷爷拿着报纸朗读，极其认真地用汶上话朗读。记忆里除了妈妈教我认识大小、上下、左右，就是爷爷指给我读那四个醒目的大字，人—民—日—报。那个时候我六岁，印象中翻一遍报纸手上都会沾上黑漆漆的油墨。

爷爷在村里担任文书一职，写得一手好字，在村里也算喝过墨水的人。记得当时《人民日报》这份报纸，爷爷是不敢拿回家的，那是属于集体的，只有等集体学习完了，放在一旁没人看了，他才往家里拿一份。印象中往家里拿的次数少，报纸也不是很全，只挑选爷爷自己喜欢的、感兴趣的版面。

有力量的声音
我与人民日报

小时候听爷爷读报纸上大段大段的文章,总是提不起精神,女孩家家貌似对这些政论文章不感兴趣,还不如奶奶讲的鬼故事吸引人。爷爷一本正经地说:"故事都是编的,报纸上的东西白纸黑字经得起推敲,只有那才是真的记录历史。《人民日报》,我信!"

爷爷喜欢关心国家大事,他作为一名党员,坚信只要跟着党,人民的生活肯定越来越好。他一生很正直,总是以党员的身份严格要求自己。爷爷在我脑海里,很严厉,这种严厉是对别人,更是对他自己。

其实一张小小的报纸,村里没多少人珍惜,可是爷爷却很珍惜。爷爷准备一个小本子,只要发现《人民日报》里自己喜欢读的文章,都会剪切下来,用糨糊粘到本子上,做成一本本小册子。这个习惯也影响了我。在那个用纸张传递信息的时代,我也养成剪报纸的习惯,并且喜欢按照不同的类别进行分组,不论是对我的学习还是工作都有很好的帮助。

我是家里的长女,相对来说比较受宠爱,第一个孩子,大家总是喜欢抱来抱去、逗来逗去、哄来哄去、亲来亲去,

《人民日报》，我信

我记忆里是温暖的、柔软的。

高中时候，有次我偷偷翻爷爷的书柜，发现了一堆报纸，里面是不同年份、不同日期的。我好奇地随意翻着，爷爷走了进来，训斥我一顿："干吗乱翻东西？"我问："爷爷，这都是什么啊？"爷爷说："你没看到上边日期啊，全是你们几个孩子出生那天的报纸。"那一刻，我的心情无法用语言描述，爷爷原来用这么温柔的方式，记录着孩子们的成长。

我个人比较喜欢读《人民日报》，大学期间为了竞选学校广播站编辑，我准备了十期的时政新闻，大多以《人民日报》报道的内容为主，最终竞选成功。学校每周五下午一个半小时，广播站的播出内容全部由我负责，《人民日报》是我重点推荐的内容。毕业那年我参加基层公务员考试，顺利考入。

我知道每天读《人民日报》给了我很大的帮助，理想的成绩得益于对《人民日报》日积月累的学习。我一直觉得《人民日报》代表着最真实的、最权威的、最有力量的声音。

「有力量的声音
　我 与 人 民 日 报 」

　　从一开始认字,到发现爷爷关爱孩子们的"铁证",再到参加公务员考试顺利就业,《人民日报》一直贯穿我的学习、生活和工作。正如爷爷讲的那样,《人民日报》,我信。

(作者为山东省济宁市汶上县杨店镇人民政府职员)

一生相伴的情谊

谭仲池

有种情谊会伴随你终生。

在我的写作生涯中,《人民日报》的"大地"副刊就像是一片生长梦想的沃土,它会催生、滋养你心中的万紫千红。

我至今清楚地记得,上世纪八十年代中期,我在革命老区湖南浏阳县担任株树桥水电站建设工作的指挥长。这是浏阳的一项重大水电工程,也是解决老区缺电、农民脱贫致富的一条重要举措。全县人民都非常期待水电站早日建成。当我看到大坝一天天升高,新筑的水库终于盛满碧水,电站厂房牵出的银线把黑夜和山村点亮时,内心充满万千感慨。

「有力量的声音
我与人民日报」

多年后，在一个深秋的夜晚，我凝望月光照耀下的电站大坝，满怀激情写出了一篇散文《绿湖如诗》。稿子写好后，我冒昧地寄往《人民日报》。不久，这篇散文在《人民日报》"大地"上发表，至今回忆起来，心情都难以平静。我决心以极其认真负责的态度，坚持为《人民日报》写稿，努力做到紧跟时代，贴近基层，走进生活，为时代、为祖国、为人民抒写抒怀抒情，让自己心灵的文字在这块神圣的"土地"上，绽放一抹浅绿或一丝淡红。

三十多年来，我在"大地"上播种心中的憧憬和诗意，现在细数起来已在《人民日报》发表的散文、诗歌达一百多篇，收获属于时代和岁月，也属于自己的心灵歌唱与美好寄托。最使我感动的是2009年人民日报社和中国作家协会联合举办的"盛世民族情"征文活动。当时我正在四川理县参与地震后的援建工作。那些日子，我们湖南去理县灾区的援建工作者冒着危险，顶着严寒和高原反应坚守岗位，严要求，高质量，日夜奋战，不怕苦累，我为这种奋斗精神深深感动。我在木板房里，挑灯熬夜，写出纪实散文《血脉深情的见证》。没想到这篇散文获得这次征文

一生相伴的情谊

的优秀作品奖。这个奖我知道其实是人民日报社和中国作家协会给我们湖南援建者的珍贵荣誉。

在我与"大地"情谊延伸的岁月中，最近又有一件事让我终生铭记。那是去年7月30日，新闻联播报道习主席在朱日和军事基地"沙场阅兵"，我看到习主席神采奕奕地检阅人民解放军的钢铁之师、威武之师，当时心情异常激奋。我这个老兵情不自禁地站起来，向电视屏幕里的军队统帅和被检阅大军敬礼，表达我对党和祖国的赤子情怀。我走进书房铺开稿纸，写出了当时的感受，之后即用电子邮件发给"大地"。8月7日，我写的诗歌《老兵的敬礼》出现在"大地"上："祖国 请接受我深情的感恩祝福／军旗 请接受一名老兵的庄严敬礼／'天下并不太平 和平需要保卫'／只要听到召唤 我愿白发上阵血染战旗。"

去年党的十九大胜利召开，全国人民欢欣鼓舞，意气风发地奋进在新征程上。我回到家乡浏阳，看到父老乡亲都在认真学习落实十九大精神，谋划振兴乡村的新蓝图。虽然时近寒冬，但农村却是一片热气腾腾。在田间地头劳作的乡亲飞扬着欢歌笑语，乡村洋溢着春天的气息。

「有力量的声音
我与人民日报」

我为眼前的情景感动,写出了诗歌《春天的遐想》。今年的2月3日,它在"大地"上这样尽情地倾诉:"今年的春天不同寻常／比往年更蓬勃／更澎湃 更绚丽／更激情 更明亮／她的血脉在江河大地涌动／她的歌声抵达心灵和远方／我在春天静静遐想／感知了春天故乡的深邃浩瀚／思想的旗帜 开辟新征程／人民的向往 凝成春天的烂漫／奋斗创造是春天的旋律／播种幸福是春天的辉煌。"

今年是《人民日报》创刊七十周年,它是在解放战争的硝烟和迎接新中国成立的炮声中诞生的报纸。它是中国人民站起来、富起来、强起来的时代记录者、见证者和推动者。几十年来,我之所以对《人民日报》常存感动、感激,长期订阅,天天阅读,不仅是因为"大地"滋润催放了我心中的文学花蕾和真情表达,更重要的是,我从这个明亮宽敞的窗口,可以瞭望世界风云的急剧变幻,祖国日新月异的发展缩影,听到时代前进的铿锵足音,看到当代中国的现实斑斓和实现中国梦的光明前景。

同时我也知道,我写的散文诗歌,只是这片锦绣"大地"的一株不显眼的小草,一朵微弱浅色的小花,依然还是稚嫩纤细。但我愿它能沐浴新时代的阳光雨露，茁壮成长，为祖国百花盛开的缤纷文艺大花园增添一缕芬芳。此时，我更深怀敬慕和感念之情，真诚地祝福《人民日报》，以习近平新时代中国特色社会主义思想为指导，在新时代的新征程上，一如既往，砥砺奋进，书写出更多接地气、亲读者、扬正气、铸精神、重文采的新华章。

（作者为湖南省政协原副主席、湖南省文联原主席）

「有力量的声音
我与人民日报」

有力量的声音

丁 力

"我们是火的队伍／我们是光的队伍……生命应该是永远发出力量的机器／应该是一个从不停止前进的轮子／人生应该是／一种把自己贡献给群体的努力……"这是艾青的长诗《火把》。我十八岁时曾在地下党领导下，参与学生运动，与国民党反动派斗争。那个时候，这诗句像火一样，燃烧在每一个进步青年的心中。七十多年过去，我依然爱念这首诗，它如火把一样照耀了我的一生。

我出生于1929年，二十岁成为延安西北新华广播电台的一名播音员。我见证并亲历了人民解放军解放南京、活捉国民党集团军司令等历史时刻，我采访过出席西北地区五省学生代表大会的彭德怀同志，采访过招待苏联援华

有力量的声音

专家晚会上的习仲勋同志。承担这些重要任务，是我一生的荣耀。而作为党的新闻人，我最难忘的是，三十九年前的一封信让我与《人民日报》结缘。

那是1979年9月8日至25日，正值拨乱反正百废待兴之时，我作为随团人员参加了西安、兰州两市某系统的联合检查。随行中我发现，这场活动名为互相检查，实际上却是公款旅游，不少细节今天回想起来仍令人气愤不已。

比如，本来不是什么紧急公务，距离也不远，两地检查团来回居然都是坐飞机。检查团在兰州期间住高级宾馆，吃高级饭菜，在西安期间嫌招待所饭不好，竟然去检查单位吃"招待饭"，顿顿点七八个菜。要知道1979年全国人均GDP不过四百二十三元，陕西农民人均纯收入只有一百五十元。

检查团在西安七八天的时间，几乎游遍了附近地区的名胜古迹，从大雁塔、碑林到乾陵、昭陵、华清宫、秦兵马俑馆，每次出游都是大小汽车一长串，有专人跟随拍照留念。至于检查工作，则是浮皮潦草，几十个人拥到一个单位，顺着大路或工作场所的通道匆匆走一趟，所到之处

「有力量的声音
我与人民日报」

又是张贴横幅标语，又是迎送汇报，检查结果是任何实质性问题也没有发现。

对此，两地的干部群众意见很大。在兰州检查一个牛肉面馆时，为招待检查团要停止对外营业，有位顾客当场质问：这种检查团少来些行不行？有餐饮业者再三恳求，希望听到反馈意见，检查团回复了两条：一是食堂里还有苍蝇，二是工作人员衣帽还欠整洁。这样的缺点、问题需要坐飞机检查才能发现吗？

作为一名党的新闻工作者，我认为这样的不正之风背离了党的原则，必须狠狠刹住。于是，我们撰写《建议停止劳民伤财的互相检查》的建议，如实地反映这一情况，寄给国务院信访办和《人民日报》。中央主要领导同志批示，中纪委要认真查处，坚决制止这种不正之风。11月10日《人民日报》三版刊发我们的建议。11月14日，由中央纪委一位处长带队的小组来西安，找我谈话并进一步核实了解情况。一个多月后，12月30日《人民日报》在头版刊发了中央纪委的通报，要求各地纪律检查部门认真讨论，并出台纠正这种不正之风的教育措施与具体制度。

有力量的声音

今年,我已经八十九岁了,仍然是《人民日报》的忠实读者。眼睛花了,女儿读报给我听;记性差了,经常忘记昨天吃了什么,但忘不了年轻时激情燃烧的新闻岁月,更忘不了党中央机关报实事求是的作风。在我心里,《人民日报》的声音是最有力量的,因为她传播的是党的声音。"我们是火的队伍 / 我们是光的队伍……"今天,祝福党报的七十岁生日,祝愿她永远以最有力量的声音激励我们这支"火的队伍""光的队伍"向前进。

(作者为原延安西北新华广播电台播音员,离休前任陕西人民广播电台首席记者、记者部主任)

「有力量的声音
我与人民日报」

难忘"磨稿子"精神

王永福

如今我已届耄耋之年,回忆自己借调人民日报社农村部工作的两年经历,获益匪浅,终生难忘。

这两年时间里,我接触到众多新闻前辈和名家,打开眼界,大长见识,理论和实践两方面都得到升华。

周毅之先生同我一起采访写作时间最长。他是地道的新闻前辈,毕业于西南联大。我到农村部后,接近退休年龄的周毅之刚从国际部转到农村部,于是我们俩新老搭档,开始数月的新闻采写合作,第一篇稿子是《一个老朋友的意见——访美国友人韩丁》。

如果把进入人民日报社看作新闻"读研",周毅之和名编辑钟立群,就是我先后的新闻导师,让我真正明白怎样才能做一个合格记者和编辑。

获知国际友人韩丁来中国考察农业发展的信息后，人民日报社农村部立即确定跟踪采访计划，周毅之把他搜集到的韩丁来中国后所有的发言稿，让我详细阅读，并去中联部详细了解背景材料。然后我们踏上北去的列车，开始采访。

我与周毅之是同一排的上下铺，当车过山海关，夜幕降临，我伴随着车的震动和摇晃而昏昏欲睡时，老周到我耳边说："小王，你好好考虑一下到达后如何采访。"天哪，还早着呢，到达后再商量也不迟，我心里是这样想的，很快进入梦乡。

我们到达北大荒韩丁下榻的宾馆，周毅之问我怎样考虑的。我当时头脑里一片空白，完全没有进入角色，老周却早已成竹在胸，拟订采访提纲，确定这样几个问题："您对中国当前农业机械化问题的现状有什么看法？您对中国农业现代化有什么建议？"提出不以记者身份同韩丁见面，而是以中国研究农业现代化的科技人员身份请教问题。因为当时三中全会还没开，如何看待韩丁这个外国人，如何

「有力量的声音
我与人民日报」

看待中国未来农业发展问题,官方态度不明朗,一旦我们贸然采写的稿子见不了报,会引起国际朋友误会。当天整个采访在亲切友好的气氛中进行,任务顺利完成。

周毅之先生认为,新闻采访,要站在大的时代背景下,采访比新闻写作更重要,是搞好报道的前提和根本。他一直关注水稻栽培问题的科学实验,时刻牵挂水稻专家的实验进展。

我们结束对韩丁的采访写作,一回到北京,老周就专程赴南方,追踪水稻栽培科研的进展情况,让我去大寨继续对韩丁的采访。后来我才知道,周毅之先生一直放在心上的水稻专家,就是现在名震世界的水稻之父袁隆平。事实告诉我们,优秀的记者是科学进步、社会发展的见证者和记录员,默默地为历史发展做贡献。

在人民日报社工作期间,钟立群先生让我在业务上受益最多。《人民日报》创办初期,老钟就担任要闻编辑。我在烟台担任通讯员时就经常同老钟书信往来,到报社农村部后,我采写的每篇稿子,都是经老钟精编细改后才见诸报端。

我从钟立群先生那里受到深刻教育的,就是"文章不

难忘"磨稿子"精神

厌千回改",精益求精的高度负责精神。他对每天经手的稿子,从第一遍小样出来,就逐字逐句推敲,连一个标点符号也不放过。第二遍小样出来,依然认真编辑修改,一遍又一遍,不厌其烦。

一次,农村部安排我赴辽宁盖县采写全国先进农机管理站的稿子,我只用了几天就把稿子交到钟立群手上。他让我一改再改,到最后原稿已被改得面目全非。我见报心切,便请部主任李克林加以督促。李主任笑着对我说,"这是老钟的职业病,我催也没用,就连他自己改过的文章也总不放心",让我耐心等待。稿子经老钟认真修改,顺利见报,同初稿相比,发生脱胎换骨变化,让我深受启发。

钟立群这种"磨稿子"的精神,深深刻印在我脑海里,也让我逐渐养成反复修改文章的习惯。这种"磨稿子"的优良传统更值得我们每位写作者继承发扬。

我在人民日报社工作的那些日子里,几乎每天都能从新闻前辈身上看到闪光的思想和优良的作风,时刻感到他们对后来人的关怀和鼓励。

(作者为烟台日报社原党委书记、总编辑,高级记者)

「有力量的声音
我与人民日报」

珍惜这份缘

周 权

每天清晨,天色微明,楼下树丛中的鸟儿们就开始叽叽喳喳比嗓子了。此刻,我如战士听到号令,起身,惬意地开始我的一天——打开手机,第一屏右边第一个图标,右手大拇指下意识地触点,人民日报APP瞬间开启。"人民日报 有品质的新闻",这十个字的开启语,很亲切,像老朋友见面时的招呼,我看了,颔首微笑,算作回礼。

眨眼间,首页呈现,一条条最新资讯,仪仗兵似的列于眼前。

但看这排列得整整齐齐的新闻,我总感觉缺点什么,又说不出。快速扫过"闻(热点)",急切地点开"报(版面)",一张顶新鲜的《人民日报》就摊在了面前。

珍惜这份缘

报纸左上角,"人民日报"四个红色大字,稳妥妥地立着。嗯,这感觉对了!

手指滑动,要闻,评论,经济,文化,政治,理论,社会,生态,体育,国际,副刊……我在一个个版面上驻足、流连,看标题,读内容,观版式,有时还挑出两篇来分析分析新闻的导语,琢磨琢磨文章的结构布局,咂摸咂摸文字背后的意蕴。

也许年轻朋友要笑话我了,"如今还这样读报纸啊,老套、古板,不时兴了"。嘿嘿,罗马不是一天建成的,我这样阅读习惯的养成也是有缘由、有渊源的。

小时候,与爷爷奶奶住在农村。家里没有报刊,跟外界唯一的信息连通就靠广播。喇叭里经常提到"据《人民日报》报道……""《人民日报》发表评论员文章……"我人小,还不认字,但又好奇,缠着爷爷问《人民日报》是什么。爷爷也不识字,但他知道,《人民日报》是中国最权威的报纸,上面登的都是党中央的声音。我似懂非懂。

稍大点,上了农村小学,赶上重要文章发表,各个班级会轮流拿全校唯一的一份《人民日报》,由班主任老师

「有力量的声音
我与人民日报」

给大家读一读,这才第一次看见《人民日报》长什么样,才知道报头上"人民日报"四个字是毛主席亲自题写的。小伙伴们都一脸的惊奇,"是毛主席写的啊!"

再大点,开始写作文,特别是写议论文,就喜欢写上"据《人民日报》报道",或者"《人民日报》评论员文章说",似乎只有这样,才感觉论证格外充分,格外有说服力。

高中时,对文学有了朦胧爱好,特别喜欢报纸副刊。那时,在学校阅览室的报夹子上能看到《人民日报》。每次一拿到报纸,就快速往后翻,看"大地"副刊。看多了,发现语文教科书上不少课文的作者,也在"大地"上发表文章。

后来,工科专业毕业后,我所在的电子行业很红火,几乎家家都办企业报。我也试着给我们的企业报写些"豆腐块",竟然都登了。手写体变成铅字,魔力实在是大,我毅然决然地一肩挑起企业报的全部工作,既当记者又做编辑,既是排版工又是发行员。

然而,没有一点新闻业务知识怎么办报啊!哎,巧了,就是在这当口,人民日报社用函授方式,向热心读者传授

珍惜这份缘

新闻知识。讲义都是人民日报社资深记者编辑写的,有实践,有理论,好像把了我的脉开的处方,抓的药。怎么起标题,怎么写导语,怎么改稿;什么叫新闻策划,什么是版面语言;新闻线索哪里来,评论如何选题……我在采编中遇到的所有难题,都可以在讲义中找到答案。

一年的学习,受益匪浅。就靠这点能耐,我竟然把我们的企业报办出了点名堂,几乎年年有作品获奖,在电子行业报中有了点小名气。后来,上世纪九十年代初,我凭着在企业报积累下的资本,敲开地市报社的大门,成了《南通日报》的一名记者。

作为地方党报的一名采编人员,我就不仅仅是《人民日报》的一名读者了。我在《人民日报》上面找准政治脉搏,同时,我也把它当作我的教科书,从上面去找选题,寻灵感,学业务。《人民日报》也是一杆秤,对我的作品有过准确的度量。我很荣幸,做记者时,有过新闻作品在《人民日报》刊发;担任副刊编辑后,也有两篇散文习作在"大地"副刊上露脸。这对我而言,是肯定,更是激励。

此刻,坐在书桌前写这篇文章时,才猛然发现,我跟《人

「有力量的声音
我与人民日报」

民日报》这份缘,跨越了五十载。我暗忖,如果没有这份缘,我的人生会不会是另一副面孔?好在,人生没有如果。

我感恩这份缘,珍惜这份缘,要把这份缘不断延续下去。

(作者为南通日报社评论副刊部主任)

难忘的投稿经历

涂怀章

五十五年前的冬天,我在武汉师范学院中文系读书期间,一篇作文被省报"新年征文"录用,教古代文学的郑在瀛先生鼓励我向《人民日报》投稿,说:"青年人应该向更高目标进取!"有同学说:"那么大的报纸,不会理睬一个无名学生,你顶多能收获一封打印的退稿信!"负责收发报刊的学生甚至说"异想天开!"我虽然不够自信,但为不辜负老师的厚望,仍然修改另一篇作文,鼓起勇气投寄出去。

意外的是,不到十天就有了回信。看到印有"人民日报社"红色字样的信封,鼓鼓的,我以为是退稿,匆忙塞进书包。虽然事先不无心理准备,但还是有点气馁。晚上,

「有力量的声音
我与人民日报 」

我拆开信封，却发现奇迹。稿件虽被退回，但附有两页手写的回信，钢笔字清新刚健，后面盖着公章。这封信热情洋溢，肯定稿件内容，说写得有基础，希望回答几个问题并认真修改，然后寄去看看。这真是太鼓舞人了！

适逢学校放寒假，我回到故乡石首，琢磨着改稿。可农村过春节处处热闹，一时缺乏安静的环境，我想提前返校。父母听我说中央党报热情回信的事，都支持我的想法。大年初四，我从千里之外赶回武汉，碰上十年不遇的大雪天气，独自在宿舍写了三天。气温很低，贫困生的伙食艰苦，但一想起素不相识的编辑老师给我的热情指导和殷切期望，满心温暖如春，兴奋得夜不能寐。真可谓"心向北京，字斟句酌"。

开学后的一天傍晚，系党总支副书记彭长大老师找我谈话，劈头就问："你投稿了吗？"我老实回答："投了。""什么报刊？""《人民日报》。""你胆子不小哇！"彭书记严肃的表情突然转为笑容："我很高兴，你的稿子可能要发表，报社来了解情况，我们都支持。我是来给你打预防针的，以后要注意三点：一、加强理论学习，提高思想

难忘的投稿经历

水平；二、正确处理政治与业务的关系，走又红又专的道路；三、团结同学，随时处理好个人与周围的关系，不要骄傲自满！"我很感激党组织的关怀。两周后的一天中午，就是那位说我"异想天开"的收发员，送来报纸并连声道歉。我看见自己的散文《路上就跟家里一样》发表在1964年3月19日《人民日报》文艺副刊上。文章记叙风雪之夜，一位老农民在探亲途中突发急病，受到同船的大学生、解放军、公社卫生员及多位旅客热心救助的过程，全文一千两百多字，经编辑修改后排在右上角醒目地方。学生会宣传部长朱长能将报纸贴在学生食堂阅报栏，用红笔加上边框，挂了两个星期。许多老师和同学祝贺我，系主任朱祖延先生说："希望你珍惜这个好的起点，继续努力！"

我深知，并非我有特殊才能，而是人民日报社那位至今不知姓名的编辑老师热心培养和指导了我。二十多年后，我在无锡参加笔会时过太湖，于小木船上与文友谈起青年时代投稿的往事，船上一位端庄美丽的大姐说："欢迎你给我们写稿！"笔会工作人员告诉我："她是《人民日报》的编辑刘梦岚老师！"刘老师热情厚道，详细询问我的单

「有力量的声音
我与人民日报」

位和工作情况,鼓励我继续写作。翌年春天,我出差路过南京,参观中山陵,忽生灵感,写了两篇小散文。想起刘老师的鼓励话语,当即投给《人民日报》。文章见报后很久我才了解到责任编辑是卢祖品先生,虽不认识,却倍感亲切。

人民日报社的领导和编辑记者,对我的投稿给予过鼓励和指点,在我身处逆境时给予过关怀和帮助,见过面的和没见过面的,都给了我美好印象。他们始终保持着关心群众、联系群众的优良作风,保持着廉洁奉公的敬业精神,值得学习和赞扬!

(作者为湖北大学退休教师)

人生的转折点

张 值

1977年10月,我作为知识青年,在内蒙古下乡已第二个年头了。那段时间,关于恢复"高考"的消息在青年点里传得很厉害。对这事儿,我心里很复杂。真恢复"高考",公平公开,千军万马走独木桥,自己处在其中,绝对的竞争力又如何呢?在我等之前,有读过高中的"老三届"二百多万,还有读过初中的"小三届"一千二百万。而我们呢?读的只是沈阳厂属学校的九年。

与我的晦暗刚好相反,青年点里我的一个发小听到这则"小道消息"却显得极为亢奋。他认为如若是真,那可是天大的好事,是天赐良机。与我等同龄同学历,他怎么就自信呢?我想,应该是他的基因在躁动:爸爸毕业于复

「有力量的声音

我与人民日报 」

旦大学，通三门外语；爷爷也曾留学哥伦比亚大学。那天他告诉我，在伙房看到一本《代数》；另外，他发现最近大家的来信明显增多，一包包的邮件也越来越厚；他小舅也从上海给他寄来一包复习资料……

"高考""统考"的传言往我们这里"碾压"过来。但大队支书对这事只字未提。"高考"将怎么考，什么时候考，报考条件怎样，录取标准如何，等等，都没人能系统解释。就在极不踏实心无归处的时候，我俩都想到了《人民日报》，想通过报纸弄透这些信息。

到公社有二十多里地，我们有时坐毛驴车去，有时干脆跑去。赶在公社临下班的时候去那里的办公室翻阅《人民日报》成了我俩的常态。公社里的人讲，那里的报纸更应该叫"抱纸"。因为地域偏远，邮递员隔几天才能来一趟，几天的报纸积压到这儿，基本就一抱一抱的了。我们要从一堆堆的报纸中翻阅我们想要的信息，但既没有明确的标题，也没有具体的日期，找起来不亚于沙里淘金。

而且每每在路上我总是在心里祈祷，希望报纸不要被别人取走。最终，劳拙还是赢得了上天的眷顾。好像是霜

人生的转折点

降后的第二天吧,在"一抱"《人民日报》里,先是他找到一则消息《高等学校招生进行重大改革》,头版头条;还有社论《搞好大学招生是全国人民的希望》,也在头版,时间是1977年10月21日。随后,在22日、23日的头版,我也翻到了《教育部负责人答记者问》和署名文章《文化考试很有必要》……说老实话,过去总有个错觉,《人民日报》是咱们的,但不是咱们能看的;而那一天,这个错觉被实实在在地纠正了。

终于看到了想看的,他要我陪他一起高考。后来,我俩幸运地考上了。不过不是当年,而是来年的1978年。他考取的是大学,我考取的是工学院。一晃快四十年了,现在他做研究员,我是高级工程师。如果此生如此一定要"感谢"的话,我愿意提到《人民日报》和他。因为在特定的节点,《人民日报》让我认定了方向,它给了我自信。

(作者为辽宁省沈阳市某热电企业高级工程师)

「有力量的声音
我与人民日报」

人生的桥梁

杨 朔

而立之年,我却已经是《人民日报》的"老"读者了。

爷爷是老党员。我小时候,大队每年都会为他订一份《人民日报》,我上了三年级,每天必做的功课就是为爷爷读报,而他躺在椅子上听。幼时的我贪玩,更被院外玩伴的嬉笑打闹声强力吸引,读报时就会"丢三落四"。爷爷却总能指出哪里少个字,哪段后面应该有没读的。我不服气,说你又没看,怎么知道不对。爷爷说,《人民日报》是咱党的报纸,字字句句都会认真对待,不会像你读的那样。你以后学习也要学着认真,这样你就不会考试完了又说怎么没做对。爷爷又翻出前几天的《人民日报》,指着一篇报道说,这个数学家陈景润,当时在一间没有电灯的

人生的桥梁

小房子里，趴在床板上，证明"1 + 2"，纸用了好几麻袋，垛起来比你都高。因为他的认真，美国人都说他厉害。我说"1 + 2 = 3"，我是不是比他厉害，爷爷摸着我的头，说你只知道等于三，为什么等于三就是你以后要认真学的，又给我讲了毛主席怎么认真、周总理怎么认真。此后的我，看书能静心，做事能尽力，丢掉小马虎，有了大进步。

大三那年，是大学生的迷茫期。考研、进机关、去企业还是创业，成为不少大学生们的"选择题"，举棋不定、伤脑伤神。我自然也是其中一员。在图书馆翻"闲书"时，习惯性地走到报刊区，看到《人民日报》上一篇《习近平等中央领导同志充分肯定大学生村官张广秀事迹》的报道。报道介绍大学生村官张广秀身患重病不忘本职，全身心为村民服务，用真诚赢得大家认可，得到时任中共中央政治局常委、中央书记处书记、国家副主席习近平的重要批示。作为老乡，作为农村娃，作为大学生，我被这篇报道感动了。去，到基层去，到一线去，挽起裤管我也是农民，从农村来到农村去，我也一样可以做到让老百姓认可。能为百姓做实事，让群众点赞，也能实现自己的人生价值。一种崇

有力量的声音
我与人民日报

拜感,一种不服输,打开我人生规划道路的大门。查阅资料、埋头学习,我来到江苏农村基层一个村委会报到。

初入村庄,我把认真做事和读《人民日报》带到工作中。在每家每户的走访中,我会把最新的时政要闻和关系到老百姓的政策讲解给村里人听。我的称呼也随着讲说由"小伙子"到"杨主任"再到"小杨",到最后出现"小杨,来我家吃饭吧,顺便说说国家又有什么事了"。记得有一年秋收,村里有位叔叔把自己田的秸秆点燃了,村里的干部都"飞奔"过去全力灭火,我自己的鞋也被火烧个洞,脚上起了泡。火灭了,村委会主任"手黑脸灰"地去和他理论,我也瘸瘸拐拐跟着。那个叔叔见我们来了,直接来了个"将军",说:"小杨告诉过我,国家报纸上倡导秸秆禁烧,这我也知道,但为什么西边堁(组)的稻秆都收了,我们这边还没收,这不影响我们耕地播种吗?!"村主任还在气头上,看看我努努嘴,意思是让我解释。我说:"你这学习党报的精神比我还好。我估计是组长没说清楚,今年我们是按堁有序收秸秆,然后村里免费集中耕地,今天下午,我们又请了几辆拖拉机,估计明天中午就能把你家稻秆收掉。"村主任说小杨为救火，鞋都烧了，脚上还起了泡，这家叔叔尴尬地看着村主任。为了缓解尴尬，我顺便说起这两天《人民日报》报道不少地方将城镇居民医保、新农合整合成一种制度，估计我们这也会落实，上城看病报销就不用很麻烦了。他点点头说这是个好消息，又转身向村主任保证一会儿给我买双新鞋。我说我鞋多呢，你把买鞋的时间用来把政策宣传一下，我更支持。

现在，由村委会干部变成市政府部门干部的我，仍然会接到村里叔叔们打来的电话："小杨，最近《人民日报》又有什么政策？"我也会主动、负责地把《人民日报》报道的相关政策转达给他们，还会向他们了解基层的情况。我想是《人民日报》教会我认真做人、做事，又是《人民日报》这座桥梁让我由走近群众变成走进群众，因为他们的电话和称呼显示我还是村民的一员。

（作者为江苏省靖江市编委办公室工作人员）

「有力量的声音
我与人民日报」

我的剪报我的歌

宋思强

读报剪报几十年,读得最多、剪得最多、使我受益最多的当属《人民日报》。我于字里行间读出精彩,剪出快乐,粘贴成卷卷厚重的报册。春耕夏播,秋收冬藏,那帧帧剪报,就是一曲曲岁月的歌。

我的剪报,是一首春天的歌。师范毕业后,我被分到农村当语文老师,成为一名教育工作者。学校在村后的沙岗上,无院无墙却梧桐成行,几座简陋的教室掩映其间。学校书籍报刊不多,却订有一份《人民日报》,让我陶醉其中。新来的报纸不能剪,等其他老师读完了,我才从报架上取下来,重新阅读,筛选,剪贴。那时剪贴最多的,是"大地"副刊上的散文和诗歌。农村的孩子,书籍匮乏,

我的剪报我的歌

读物甚少，而"大地"副刊恰是我和孩子们的最爱。清晨，沐浴着初升的朝霞，手捧着剪贴的文章，我领着孩子们在梧桐树下晨读。孩子们清脆的童音在晨风中飘扬，清澈的眸子辉映着金色的阳光……那一刻，柳嫩鹅黄，生命如歌！那些如诗如画的文字，在孩子们幼小的心田，成长为春天的枝柯。孩子们也逐渐知晓，有这样一片春风和煦、鲜花盛开的大地，有这样一个励精图治、发愤图强的国家。晨曦之间，霞光万点，帧帧剪报熠熠生辉，琅琅书声飘向远方。

我的剪报，是一首奋进的歌。后来，我怀揣着几篇发表的文章和几本剪报去县委报到，成为一名新闻报道者。正是由于精读深悟《人民日报》，我的文笔才能遵循正确的舆论导向，契合社会前进的脉搏。那些日子里，我去农村，跑工厂，白天采访，晚上写稿。每一篇都要反复推敲，仔细琢磨。定稿之后，再用钢笔端端正正誊写在方格稿纸上，寄往报社。从蹒跚学步到编辑认可，每一次撰写，都是心灵在净化；每一次发稿，都是号角在吹响。我稚嫩的笔触饱蘸深情，记录着黄河岸边、太行脚下一座普通县城改革开放的历程和荣光。也就是在那个时候，我撰写的文章第

「有力量的声音
我与人民日报」

一次登上《人民日报》！那种兴奋和喜悦，至今每每想起，依然激动。《人民日报》激励着我、感召着我，让我在稿件的深度和广度上，不断自我加压，不断创新开拓。

我的剪报，是一首时代的歌。如今，我是一名党建工作者，《人民日报》更是案头至宝，不可或缺。习近平总书记在人民日报社调研时指出，人民日报是党的阵地，全党全国人民都从人民日报里寻找精神力量和"定盘星"。从事党建工作以来，我的剪报内容更加丰富。除了"理论"版和"大地"副刊整版收藏之外，还收集"思想纵横""人民论坛""大家手笔""青年驿站""域外听风""评论员随笔""干部谈读书"等栏目的美文华篇。剪贴的文章，必在剪报下端注明日期、版次、栏目，分门别类，以备检索。这些精彩的文章，正如陆机《文赋》所言，"笼天地于形内，挫万物于笔端"，洋溢着新时代新征程的蓬勃生机和活力，赋予我不竭养分和力量。千淘万漉虽辛苦，吹尽狂沙始到金。也正是得益于《人民日报》的哺育和滋养，近年来，我在许多报刊上发表文章甚至获奖。虽然《人民日报》一些重要栏目的文章也时常会结集出版，但我还是习惯于每天剪贴、每天积攒。让这些锦绣之作以剪报的形式存在是我长期的习惯。初心不忘，剪报成行。在我看来，这帧帧剪报，是一点点繁星，是一树树花开。这帧帧剪报仿佛一艘艘航船，满载经典篇章，游弋在我的书桌上，停泊在我的书架上，随时翻阅，随时起航。那激扬的文字，那磁性的思想，都给予我更加丰厚的精神能量和更加深厚的人生积淀！

南宋诗人尤袤在谈读书时说，饥读之以当肉，寒读之以当裘，孤寂读之以当友朋，幽忧读之以当金石琴瑟。面对自己剪辑的几十本《人民日报》，我常常心动如潮。那岂止是一本本普通的剪报？那实在是一个个鲜活的生命！那一张张振翅欲飞的书页，那一个个啼叫争鸣的文字，在我心中欢歌翱翔，激励着我不断去书写新时代新的答卷和篇章！

（作者为河南省新乡市委组织部工作人员）

「有力量的声音
我与人民日报」

与《人民日报》的不解之缘

李肇星

我和《人民日报》的缘分,简言之,是渊源广、感情深——我爱《人民日报》这个教我已近六十年的老师。

1959年9月1日,是我在北京大学读一年级的第一天,从那天起,《人民日报》我没有一天不读。只不过,我进外交部工作前,那时的《人民日报》每天还通常只有四个版,我每版都不落。在北大和外国语大学的七年里,更是每日午饭前站在食堂外的报纸专栏前读的。后来报纸越来越厚,我只能选择阅读中央领导的讲话及重大外交和国际新闻了。

我对《人民日报》有亲近感,首先因为它是我们的党报。我和我青少年时学习的榜样雷锋同岁,出生在1940年。

与《人民日报》的不解之缘

五岁时家乡山东胶州湾之南来了共产党,新中国成立那年才幸福地上了初小一年级。1950年我十岁,第一次看到大卡车,有了长大后要当汽车司机的美梦。1953年我考上我们县有史以来第一所中学,开始读到报纸,又萌发了当记者的理想。

对我来说,《人民日报》亦导师亦战友。我从《人民日报》学党和国家的最新政策、国际动态、社情民意等多种有价值信息,也阅读过名家所写的国际评论、涉及中外历史地理的精彩文章。我从非洲开始外交生涯,后来又陆续供职新闻司、做发言人、驻联合国代表、外交部副部长、驻美国大使、外交部部长。回首每一段经历,通过努力学习,逐渐办事有自信,走路有方向,迈步有底气,我感觉,这在一定程度上受惠于《人民日报》这个老师的帮助指点,也得益于报社一批领导、朋友的热心支持。

我当新闻司副司长时,日本外务省新闻俱乐部邀请中国新闻代表团访日,部里让我任代表团团长。报名参团的都是国内大报的资深记者,很多人的"行政级别"和我差不多,甚至比我高。我觉得自己当团长底气不足,

有力量的声音
我与人民日报

就去向钱其琛同志建议，让我当副团长，另找级别高的新闻界领导当团长。老钱直接把球踢回给我说："那你自己提个人选上报。"我常给《人民日报》副刊投稿，与《人民日报》比较熟悉，于是商请人民日报社派一位正部级的领导来给我们当团长。很快得到人民日报社的肯定回复，总编辑谭文瑞应邀出任。

《人民日报》的很多报道，是对中国外交工作的鼎力支持，对我个人的工作也有很多直接帮助。1987年的5月23日，《人民日报》头版头条刊登《邓小平和金日成亲切会晤》的大幅照片。我当时是外交部新闻司司长，感到两位领导人热烈拥抱的照片抓拍得好、非常传神，立即请《人民日报》放大五张照片赠送朝鲜客人。我任外交部新闻司科员时，曾和一同事陪同十二位外宾乘火车出行。尽管十四人每人都有软卧票，但车上只给我们八个铺位。我到餐车找列车长投诉，但他眼也不眨地说"一个多余的卧铺也没有"，坚称一定是车站"擅自多卖了票"。但就是这位列车长，同时碰到摆威风的铁路局局长时，却忙不迭地道歉，派人去准备床铺。一切看得我目瞪口呆。我为自己的受骗感到愤怒，但也急中生智，从行李中取出一份《人民日报》，告诉他"报纸上面登载着国家领导人会见这批外国客人的照片"，强调了这批客人的身份。原来悬空的六张卧铺票瞬间有了着落。

后来，我还就此见闻写了一篇批评不良风气的短稿投给《人民日报》。这短稿刊登在1978年12月3日的《人民日报》上。据说后来那位摆官架子、闹特殊化的干部向组织上做了自我批评。我觉得他真得感谢党报，如果后来在反腐倡廉斗争中他再没出现什么违法违纪问题，那肯定是《人民日报》救了他、帮了他。

外交是没有硝烟的战场。对我而言，每一次外交危机处理，都是一次严峻的考验。我印象最深的，是在担任驻美大使的三年里，处理以美国为首的北约轰炸我驻南联盟使馆这一事件。在这段最艰难的日子里，我每天几乎只睡一两个小时，除了与北京保持密切联系，提出策略建议，还与美方交涉，在美国媒体露面发声，揭露轰炸我使馆的暴行。下面这些刊登在《人民日报》上的文字，可以说是当时紧张斗争的一个缩影：

「有力量的声音
我与人民日报」

美国广播公司（ABC）的《本周》是美国最有影响的电视专题节目之一，它的主持人山姆·唐纳德是全美电视界有名的"铁嘴"。8日上午，中国驻美大使李肇星应邀来到该节目直播室，就中国驻南联盟使馆被袭击事件接受现场采访。……

唐纳德劈头就问："你刚才在电视上看到了美国驻中国大使馆外面的情形，你能保证美国驻中国外交人员的安全吗？"

神情严肃的李肇星当即反问："你们一直不断地谈论你们外交官的安全，我很奇怪，你为什么不问问在贝尔格莱德被杀害的中国外交官的情况？我不明白你们的提问为什么不从中国外交官的被害开始？"一向能言善辩的唐纳德顿时语塞。

这是《人民日报》驻美国记者马世琨、张勇采写的报道《中国大使舌战美国"铁嘴"》的一个片段，发表在1999年5月12日的《人民日报》上。那些天，我先后多次接受美国主流媒体的采访，既要应对美国媒体刁钻的提问，又要充分利用这个机会，传递中国人民的声音，揭露

与《人民日报》的不解之缘

以美国为首的北约的野蛮行径。后来《人民日报》在5月18日还发表这两位记者的另一篇报道,写我第三次接受美国全国性电视台采访,与美国电视界名嘴拉塞特针锋相对的论战过程。

近些年,我参加社会活动时,仍不时有《人民日报》记者采访我;我也到人民日报社和青年人分享"新闻无国界,但记者有祖国""在世界面前,我微不足道;和祖国加在一起,赢得了些许骄傲"等观点;我还积极给报社投稿,表达我对英雄对故土对母校的情怀;我也热心参加人民日报社举办的公益活动……我对《人民日报》投桃报李,感情依旧,在《人民日报》七十岁生日之时,我和《人民日报》的缘分仍在持续着。

(作者为外交部原部长)

有力量的声音
我与人民日报

感恩《人民日报》

刘 芳

《人民日报》副刊,是作家的摇篮,是中国文学创作的百花园。我也是被《人民日报》副刊培育的一枚小小的花蕾,报纸帮助我打开一条创作之路。

记得刚参加工作时在河北兴隆县委"三线办公室",负责办工地上一张由蜡纸刻印的小报,非常简陋。我写了一篇《一不怕苦、二不怕死的民工连》的稿件,不知被谁给推荐到报纸上发表。于是,承德地委派人来考察,结果一纸调令把我调到承德地委宣传部做新闻干事,专门写新闻报道。有一次我去河北省青龙满族自治县的一个小山村采访,发现那里的集市上全是妇女,一问才知道,自从实行家庭联产承包责任制以后,男人都上山干活去了,赶集

感恩《人民日报》

全靠妇女。所以,这里的集市被谑称为"山村嫂子集"。女人平素就好打扮,现在生活好转,又赶上逛集市,一个个都像赛花似的比着穿。她们足蹬绣花鞋,身穿花裤褂,头戴新采来的野山花,肩挎荆条编的小花篮……从头到脚全是花!莫说是在上个世纪的八十年代,就是在当今看这情景也觉着很新鲜。这花花绿绿的情景,在一篇通讯中很难完成。从小就酷爱文学的我,像素描似的学着写了篇散文《山村"嫂子集"》投稿,没想到被《人民日报》副刊选中发表。这是我第一次刊发散文作品,高兴得无以言表。后来得知,是副刊编辑袁茂余老师在来稿堆中发现这篇稿子。这篇文章的发表成全我进入另一个创作领域,使我在新闻报道之余,又开始散文创作。

承德地区写散文的人越来越多,很多稿件都在报纸上发表,受到《人民日报》副刊编辑们的关注和鼓励。1985年秋天,人民日报文艺部袁鹰主任提出,要给承德的散文作者发一版专页,鼓励承德的散文作者多写散文,写好散文。这个专版的"编者附记"写道:"近年来,河北省承德地区的业余文艺创作活动开展得比较活跃。这里刊登的

「有力量的声音
我与人民日报」

是该地区几位作者的作品。他们从事创作的时间都不长，有的还是刚刚拿起笔来的新手，作品自然还欠成熟，但由于他们一直都生活在群众中，无论叙事、写人、记游，都有较强的生活气息，读来有一股朴实、清新之感。我们编这个专版的目的，是希望能够推动各地业余文艺创作活动的开展，希望有更多的基层业余作者拿起笔，描绘四化建设和改革中的新人新事，唱出更多的'春潮曲'。"专版刊发了我和刘兰松、王晓霞、白瑞兰、步九江、李秀娟等文友的作品。那时，承德几乎每年都要召开散文研讨会，作家荟萃，对承德的散文发展起到极大推动作用。大家都认为承德散文界发展快。

八十年代有一年暑期，我去新疆霍尔果斯，对这个边陲小镇留下深刻印象。最让我难忘的是在紧靠中苏两国界碑的我方一侧，有一幢小平房，是由两个亲姐妹经营的姐妹小店，所卖的商品可谓是琳琅满目。即使客人一时买不到的商品，小姐俩也都一一记下来，等司机下次再过境时准能拿到货。酷热的暑天，长途跋涉的司机们一下车，小姑娘立即递上雪白的毛巾，让他们洗洗脸解解乏，然后再

感恩《人民日报》

递上冰镇汽水、啤酒和西瓜。若在严寒的冬季，屋里安上一个大火炉，窗外雪花纷飞，窗内温暖如春。回来后我写成一篇小稿投给《人民日报》，经刘梦岚老师编发到副刊上。有一次我和地委组织部副部长张春明同志路过滦平县周台子乡，见一小孩正坐在路边上翻看初级中学课本《语文》第二册，我一看，发现我写的《边城小店》被收入课本。

如烟的往事，总也关不住闸门。改革开放四十年，我在《人民日报》副刊上发表的散文也约有四十篇。这虽不能与那些黄钟大吕般的巨著相比，但也是在改革开放中迸发出的涟漪和浪花。回望这么多年，《人民日报》副刊多位老师对我的培养和帮助，让我由衷地感激！与此同时，我还采写不少新闻报道和通讯发表在《人民日报》上。我一生最喜欢的工作，就是写新闻报道和散文。《人民日报》几乎成就我一生的追求和梦想。感恩《人民日报》！

（作者为河北省承德市文联工作人员）

「有力量的声音
我与人民日报」

梨园春秋，与报同行

李维康

今年，《人民日报》迎来自己的七十岁生日。七十年来，它始终与祖国发展同步，见证时代风云，记录社会变迁。我出生于1947年，可以说，伟大的时代与强盛的祖国给予我一方舞台，成就我的艺术人生，而《人民日报》则是我艺术道路上一个个重要节点，记录着我对艺术的苦心思索。再回首，亦难忘，我在《人民日报》为数不多的发声，成为我珍藏永远的艺术回忆。

1976年，为再现革命先烈杨开慧的英雄形象，我们决定创排京剧《蝶恋花》，12月底主创人员集体赶往湖南长沙，深入实地调研和体验生活。我们的导演、编剧、演员、音乐及舞美设计等在长沙生活近两个月，先后访问烈士的

梨园春秋，与报同行

生前挚友李淑一同志，烈士的兄嫂杨开智、李崇德同志，随同烈士坚持狱中斗争的陈玉英同志等。随着学习访问的逐步深入，杨开慧烈士的人物形象在我心中越来越生动，越来越高大。我们行走在她被捕时走的岳阳古道上，聆听老乡讲述着她的故事，当年乡亲们在山坡遥遥相望、依依送别之景历历在目，杨开慧为革命慷慨赴死之决心更令人感同身受……

1977年，我登台演出，将深入生活所得的故事融入表演，将设身处地所产生的真情实感融入人物，每场演出都眼含热泪、充满感情。这份真诚也打动了观众，演出引起社会和艺术界的强烈反响。当年10月，我将创作经历和心得体会写成《且为忠魂舞——学习扮演杨开慧烈士光辉形象所受到的教育》一文，发表在1977年10月1日的《人民日报》上。这是我第一次在《人民日报》上发表关于京剧表演的专业性文章。于我个人而言，这篇文章的发表不仅是创作的总结，更是对我艺术生涯的一种肯定和鞭策。

写作也让我对艺术作品进行沉淀与再思考。我在回顾中梳理经验，也摸索出创作与表演的真谛：只有更深入地

「有力量的声音
我与人民日报」

扎根生活，才能更贴切地表现人物、打动观众。近两年，京剧《蝶恋花》再次复排，我与年轻演员交流时，首先要求她走近杨开慧这位革命先烈，加深对"骄杨"的"骄"字与"忠魂"的"忠"字的理解，要从心底产生对先烈的崇敬与爱戴之情。

"真者，精诚之至也。不精不诚，不能动人。"真，不仅是我遵循的艺术原则，更是我的艺术追求。表演要真诚，才能对得起观众，我接受的就是这样理念的教育，从十一岁登台开始我也一直这样要求自己。上世纪九十年代，我感觉周围的艺术环境发生变化，一些歌唱演员，甚至是一些戏曲演员"假唱"现象严重。面对成千上万的观众，放录音不是欺骗吗？一次演出后，我问一个演员："为什么要假唱？"他回答，放录音的声音更好。但我坚持现场演唱，就算舍弃所谓声音的"完美"，我也要留住一份艺术的真诚。1996年，我以"艺术需要真诚"为题在《人民日报》发表评论文章，就是想呼吁演员要更加关注创作，把独特的艺术献给观众，将全部感情投入角色，而不是琢磨如何"造假"。无论何时，扬真善美、弃假恶丑，始终应是文艺工作者秉承的基本原则。

近年来,我登台少了,将精力更多投入幕后工作,但我对京剧艺术的热情有增无减,对京剧的思考也从未停止。我一直在思考:在当下,京剧如何吸引年轻观众、拓展新观众群。我想,这不仅需要不断创作高质量的新戏,更要善于利用多元的传播手段,让更多京剧"飞入寻常百姓家"。2011年底,我有幸参与首批"京剧电影工程",我接到《龙凤呈祥》演出拍摄电影的任务后,决心尽最大努力,为传承好京剧贡献所能。从接到拍摄任务到拍摄完成的两年时间里,我几乎每天都生活在戏中,我重新研读剧本,加深对孙尚香这个人物的理解,并为如何在艺术上高标准地体现做了一些努力。

2015年,我把在京剧电影《龙凤呈祥》中的创作实践和经验写成文章《"移步"不"换形"》,刊登在《人民日报》上。不论是唱腔、念白、做工的研究,还是对舞蹈、服装、化装、道具等方面的改进,我最想表达的就是探索京剧在继承的基础上,如何勇于创新、善于创新。

到今年,我已从事京剧事业六十年,真心希望京剧事

> **有力量的声音**
> 我与人民日报

业能再创新辉煌,也愿意尽绵薄之力多做一点事情。几十年来,《人民日报》不仅见证我个人艺术生涯的点滴,更记录着京剧发展的铿锵印迹。

《人民日报》是党报,也是文艺宣传的重要阵地。我希望《人民日报》能继续给读者讲述更生动的中国故事——比如如果文艺工作者没有深入生活进行创作,作品是什么样的;有了生活的根基,创作出的作品是什么样的……我希望我们的党报既要宣传好文艺事业,多宣传京剧之美、传播京剧之韵,让优秀传统文化代代相传;也要做文艺引导的一面旗帜,对优秀文艺作品创作经验多总结、多肯定,对文艺创作中出现的不良倾向及现象要多发现、敢点名。因为《人民日报》的影响很大,我们都很信服它,希望它能不断为我们文艺工作者指明前进的方向。

(作者为著名京剧演员)

从读者到作者

丘克军

在《人民日报》迎来创刊七十周年的日子里,我来说说我与《人民日报》四十多年的情缘。

上世纪六七十年代,我生活在桂东南一个偏僻的小山村。这里虽然地处穷乡僻壤,党中央的声音仍然可以第一时间传到。一是家家户户通广播。村子里没有电灯,每家每户墙头上却都挂着一个小喇叭。村口河边有一座小水电站,一天只发四个小时电,专供大队广播站转播公社、县广播站和中央人民广播电台节目,让乡亲们听到党中央的声音,了解山外的事情。二是大队每月在晒谷坪上放映一次电影,每次都会放映三十分钟新闻纪录片,让村民们了解国家的新闻,看看外面的世界。三是上级组织为每个村

「有力量的声音
我与人民日报」

子订阅党中央机关报《人民日报》，传递党中央的最新精神。报纸也改变了我的命运，帮助我这个山里孩子考上大学，成为新闻出版与文艺队伍中的一员。《人民日报》在我年少的心灵点亮希望之光，我与《人民日报》由此结下不解之缘。

那时候，《人民日报》是由邮递员送到大队部，然后由大队文书分发到墙上各生产队的红布口袋里，等生产队长来开会时再取回去。由于喜欢阅读，加上能及时了解新鲜事物，增长知识，我就成了每天从大队部取报纸到生产队的"投递员"，这种奔波让我享受到的"待遇"就是，我成为生产队里《人民日报》的第一读者。

有一天，大队文书见我每天都跑到大队部取报纸，便对我说，你家不是在邮递员送报纸来大队部的路边吗？明天中午你来见一见乡邮员老陈，以后让他每天在路边把报纸给你，然后你再交回给生产队。从那之后，我几乎天天都在路边等乡邮员老陈，我不在的时候，他就把《人民日报》直接投到我家里。

我对写作的热爱，源于小学五年级，语文老师将我的作文在班上朗读，并且贴到班级的墙报上。从那以后，我便养成阅读报纸文艺副刊的习惯，《人民日报》"大地"副刊成为我写作的启蒙老师，从初中开始，我每期必读，几无遗漏。读着读着，我便尝试为公社、县广播站写消息稿，后来又学《人民日报》副刊的"范文"开始练习写文学作品，试着给报刊投稿。我在夜里昏暗的煤油灯下阅读报纸上的文学作品，练习写作。

恢复高考后，我告别山村，进入大学中文系文学专业深造。在文学的海洋里，我依然对《人民日报》"大地"副刊情有独钟。大学三年级的时候，我把乡邮员的故事写成一篇散文寄给《人民日报》"大地"副刊。我以为这很可能会"泥牛入海——无声无息"，想不到一天中午，同宿舍同学扬着当天的《人民日报》喊起来："老丘，你的散文发表了！"我抢过报纸一看，那篇散文赫然纸上，第二个月，被《新华文摘》转载。

大学毕业后，我进入新闻出版界工作。在《南方日报》值夜班的时候，《人民日报》如果有重要通讯或社论要同日转载，我常常边签其他版面边等待即将到来的《人民日

> **有力量的声音**
> 我与人民日报

报》重要稿件。前些年,我还陆续出席了人民日报社主办的几届东盟与中日韩(10+3)媒体合作论坛。随着时间的推移,我与《人民日报》的感情与日俱增。

光阴荏苒,时序更迭,转眼间已到 2018 年。在这个中国改革开放四十周年的重要年份,我在《人民日报》公众号上看到人民日报社与中国作家协会主办的"伟大征程——纪念改革开放 40 周年"征文启事,便将自己亲历的广东改革开放见闻写成一篇散文应征,这篇题为《南粤春早》的散文被《人民日报》"大地"副刊选登。

手上捧着刊登有自己最新作品的《人民日报》,我在想:《人民日报》已经成为我人生中不可或缺的一部分,今后的日子,我还能够继续为《人民日报》做些什么呢?

我自问自答:依然是《人民日报》的忠实读者和作者!

(作者为广东省文联党组副书记、专职副主席)

心仪党报大小事

李 军

作为一名党员领导干部,我几乎天天都看《人民日报》,除要闻、社论外,还喜欢看理论专版和文艺副刊。我在民航领域工作的不同阶段,都有与《人民日报》交集的记忆。

为民航改革鼓与呼

今年是国家改革开放四十周年。改革开放的总设计师邓小平亲自谋划和推动了民航的体制改革。十一届三中全会前夕,听取时任民航总局主要领导汇报时,他就强调民航要进行改革。1980年2月14日,邓小平同志再次听取时任民航总局局长沈图的汇报,指出"民航一定要企业化"。随后国务院、中央军委发出《民航总局不再由空军代管的通知》。这是民航进行的第一轮重大改革，其核心是军政分管和军企分开，加快民航事业的发展。

改革需要统一思想，民航各级党政领导为此深入细致地做工作，《人民日报》给予大力支持，于8月4日发表了一篇社论：《民航要走企业化的道路》。这篇社论对实施改革的必要性、紧迫性和所要坚持的方针原则做了深刻阐述，被列为民航系统进行思想动员的学习材料，对保证改革的顺利进行起到重要作用。

我当时在民航总局做宣传工作，曾经反复研读这篇社论。现在讲到媒体支持行业改革，也把它作为一个生动例证。

我的稿酬故事

改革开放对航空运输产生很大需求，各地发展民航的积极性高涨，纷纷组建航空公司。

开办航空运输企业需具备相应的资质，符合安全运行要求。1985年，国务院颁布了《关于开办民用航空运输企业审批权限的暂行规定》，《人民日报》即时做了报道，并配发评论员文章《发展航空运输的一项重要措施》。我当时在民航局政策研究室工作,负责提供相关素材。

深圳经济特区 1985 年决定开办一家航空公司,请示民航局。当时深圳机场刚刚筹备选址,只有一个能够起降小型飞机的通用航空机场。民航局对批这个公司没有把握,局领导派我去考察一下。我还顺便看了广州民航与深圳机场筹建处合办的"深圳白云航空服务公司"。当时在深圳没有通航的情况下,这个公司采取"一票到底、全程服务"的方式,实行飞机与汽车联运,很受群众欢迎。

回京后,我就此写了一篇短稿,《人民日报》在 9 月 24 日刊用,还发给我八元稿酬。当时深圳物价已经提高,出差补助标准很低,费用亏空,正好用稿费弥补。

一篇调研报告

2009 年,中央部署在全党开展学习实践科学发展观活动。当时我在中国东方航空集团公司任党组书记。按照开展这项活动的要求,每位领导干部都要结合所担负工作,形成一篇理论联系实际的调研报告,在中心组进行研讨交流。

我的调研报告集中谈企业发展战略问题。我是 2006

> 有力量的声音
> 我与人民日报

年9月奉调到东航集团工作的。当时公司在企业发展、保证安全、经济效益、队伍稳定、反腐倡廉方面，出现一些问题，陷于困境。经过几年摸索，按科学发展观来审视，确有很多体会。因此，调研报告篇幅写得较长，也有一定深度，受到督导组肯定。我把调研报告改写成文章，投给《人民日报》。

人民日报理论部收到这篇稿件，经审看觉得可以采用。编辑同志修改这篇稿子下了很大功夫，一是压缩篇幅，由近五千字减到三千多字。二是对标题和一些词句作了改动，使之重心突出、观点鲜明。他们还主动与公司联系，要求提供反映航空公司特色的照片。

这篇文章于2009年8月18日刊登，标题是《把科学发展理念贯穿于企业发展实践》，并配有压题照片和插图。东航领导班子因此很受鼓舞，我对人民日报编辑部的负责精神和专业水准十分钦佩。

党报副刊的魅力

中国特色社会主义进入新时代，各行各业踏上新的征程，呈现新气象和新作为。《人民日报》在把握舆论导向、弘扬主旋律、传递正能量等方面做得很好。作为一位年长的党员领导干部，自然要忠诚、投身和讴歌这个伟大的时代。近几年我练习写诗，与文艺副刊建立联系，钟情于这个园地。

去年5月"一带一路"国际合作高峰论坛召开当天，我把所写的一首古体诗《丝路》投稿给《人民日报》，"大地副刊"5月20日刊登。去年10月党的十九大召开，正值北京西部漫山红遍，我有感而发，写了一首格律诗《咏红叶贺十九大》，也在《人民日报》发表。

2016年始，我利用业余时间，以古体诗附短文并配精美照片的形式，呈现首都北京的古韵新姿，其中一首就是《人民日报》。诗是这样写的："党报处金台，大院大情怀。华章遍九州，声浪传四海。"用作此文结尾，表达我对《人民日报》的感激和敬仰。

（作者为第十二届全国政协委员，中国民航局原副局长、党组副书记，现任中国航空运输协会理事长）

「有力量的声音
我与人民日报」

亦师亦友的《人民日报》

魏 凯

一封给《人民日报》的建言信,时任社长和总编辑均作批示,还开展课题研究。在我工作的第二年,与《人民日报》的这段往事,我一辈子都忘不了。等再过四五十年,到我老了,肯定也会坐在火炉边将其讲给孙辈们听。现在,这对我是一种激励,使我坚信无论读书还是工作,付出才有回报,踏踏实实努力比什么都重要。

孩提时我就听父辈们讲起过它的名字;小学时,在家里的箱子底儿还见过一张发黄的《人民日报》,是爸爸退伍时从部队带回来的,那是我第一次见到它;生平第一次完整地阅读,是在 2008 年的元旦,在京参观大学期间,在人民大学的校园报刊亭里,花六毛钱买了一份那年 1 月

亦师亦友的《人民日报》

1日的《人民日报》，至今仍放在书架上，打算永远留着。

几个月后，我上了大学。未承想，我会与这份报纸在大学期间产生故事。2010年年底，大三上学期即将结束，我到人民日报社天津分社寻求实习。接待我的老师告诉我他们这儿不同于总社，一般不接收实习生。看我有些失落，她又微笑着说不过可以提供一些机会锻炼着学习写稿。

《人民日报》的记者果然名不虚传，不仅对党的理论方针政策把握精准，而且见识非凡，令我获益匪浅。两天后，我的第一篇作品就上了要闻版，七天后，另一篇又上了海外版要闻版，第一周两次被要闻版采用，我内心充满喜悦。

在中国共产党成立九十周年前夕，我与人合写了《一生都为了"三观"》，登在2011年6月28日17版党建周刊"身边的共产党员"专栏上。临近毕业的2012年4月，我用近一个月时间深入天津的各个殡仪馆、公墓、殡葬用品批发集散地和殡葬用品商店做调查。一个月的付出没有白费，除在报上发表一张图片外，2012年5月15日19版读者来信版大篇幅刊登我参与采写的调研文章《政策落实难"梗阻"在哪里》。

「有力量的声音
我与人民日报」

文章刊登时,我已在天津市和平区委组织部实习,那时我就想,大学这几年,《人民日报》带给我什么?它不仅仅带给我文字和调研能力的提升,更练就我攻坚克难的毅力和勇气,同时养成我空闲时间读书读报的习惯,也使我学到严谨和实事求是的作风。

通过考试,我被天津市委组织部招录为一名选调生。学习法学的我到了一家基层法院工作。自 2012 年 7 月参加工作,我仍订阅《人民日报》,空闲时就静静地一份一份读,但没再写稿、投稿,一心扑在本职工作上。

2013 年 8 月份,我感到心头对报纸有一点建议不吐不快,感觉不写出来寄出去,就浑身上下不得劲儿。一气呵成写完寄去,顿感轻松。那时以为,恐怕没人看,看了也不会当回事,多半会石沉大海,便没再想。

可我没想到也没敢想的是,大约两周后的一天上午,我在办公室正整理案卷,准备到法庭开庭,电话铃突然响起。我以为又是诉讼当事人,可接通得知是人民日报研究部的,告诉我领导对建议已经批示,想见见我,问何时有空。我当时没有反应过来也没有思索,一心都在马上要开

亦师亦友的《人民日报》

的这个庭上,便说了一句"对不起,我马上开庭,实在没空,你留个电话,我下午给你回过去",对方留了号码,我便先到法庭去了。

下午,我回电话,得知我的建议得到了社长和总编辑的批示,将做研究。研究部考虑到我工作太忙,决定抽个我方便的时间到天津来找我谈——我本以为应该我这个年轻人主动过去的。过了几天,研究部的老师们来到天津,详细听取我的建议,我将自己一年多读报的资料拷贝给他们。此时才完整得知,邮寄给时任社长张研农同志的建言信,寄到报社第三天他就批示了,认为我的意见是好的,并批给时任总编辑杨振武同志,杨振武同志也作了批示,并安排研究部研究。我这样一个年轻人的建议,报社竟如此重视,令我没有想到,喜悦和欣慰难以言表。

八年来,我一直坚持每天阅读《人民日报》。它影响着我的学习、工作和生活,已成为我生命中的一个重要元素,亦师亦友,并将陪伴终生。日月如梭,物换星移,往事已矣,但对我的影响不会消失,那些人那些事在心底不会被时间抹去。这张报纸七十岁了,作为一个忠实的读者,

「有力量的声音 我与人民日报」

我会更加仔细地阅读,并向身边其他年轻人介绍,让更多人成为这张报纸的忠实读者。

(作者为天津市和平区人民法院科员,天津市 2012 年选调生)

我和《人民日报》

李雪健

自打小,"人民日报"这四个大字就印在我的心里,我那时候还不知道这四个字是毛主席亲笔写的呢!

日子过得真快,眨眼《人民日报》就要过七十岁生日啦!回头一想,这张报纸小时候我是跟着父母看,当了工人是跟着师傅看,当了战士是跟着部队首长看,当了演员是组织起来看,现在退休后是自觉地看。天长日久,《人民日报》在我的人生中教会了我不少怎么做人、怎么做事的道理。

上世纪九十年代初,王冀邢导演找我演焦裕禄,我脑子里立刻就闪现出六十年代中跟着父亲看《人民日报》的情景。报上刊登的焦书记的事迹,在我十几岁时就在心中

「有力量的声音
我与人民日报」

打下深深的烙印。演完焦裕禄,接受《人民日报》记者的采访,我第一次上了《人民日报》副刊,报纸还用整整一版谈论这部电影呢!《焦裕禄》电影第一次见观众,是在人民日报社的小礼堂放映的,放映结束后,大家的掌声经久不息,这些观众可都是大记者、大知识分子、大专家啊!至今,当时的场面还常常在我脑海里出现,忘不了……

为迎接新中国六十年大庆,陈国星导演来找我参演电影《横空出世》的冯石将军,《人民日报》号外上登的原子弹爆炸的照片和人们手拿《人民日报》相互传阅的激动场面又出现在我眼前。

2017年11月23日,我参加的电视剧《北部湾人家》在广西北海开机,在开机仪式上让我发言,我就拿出22日《人民日报》(海外版)刊登的习近平主席写给乌兰牧骑队员们的回信念起来。全组创作人员深受鼓舞,边拍摄边学习。对三句话谈得最多,一是"接地气":我们的作品要和民族的命运、国家的建设和发展结合起来;二是"传得开":作品是给人看的,要好看,要做到娱教统一,才能有好的作用;三是"留得下":我们必须奋力向经典、

我和《人民日报》

向高峰攀登，只有这样艺术作品才能长寿而经得起历史的验证。

近几年，我这个普通的忠实读者，有幸经历几次在《人民日报》做"宾上客"的体验。如《用角色和观众交流》《珍惜"演员"的名号》《演绎人生笑与泪》《做好中国的电影梦》《做坚硬的小石子》《春风一过天地宽》《就做一棵树，站成永恒》《重燃演员精神的火把》，等等。特别是2014年10月16日《人民日报》上刊登的"共商文艺繁荣发展大计"这篇文章中的一段文字："听了李雪健的发言，总书记说，你讲的充满深情。正如你所说，从焦裕禄、杨善洲身上，人们看到了共产党人的'职业病'——自找苦吃。只有全面准确地把握人物的精神世界，才能把荧幕形象刻画好、塑造好。"

《人民日报》在亲切地与一名普通演员交谈"人生如戏，戏如人生"的道理和意义；在鼓励我坚守"做戏先做人，努力去做一名人民喜爱的合格演员"的追求；在传递着新时代、新征程、新作为的信念和力量！

好像有好多话想说就是不会写。瓜子不饱是人心，请

「有力量的声音
　我与人民日报」

收下"我和《人民日报》"这份上不了档次的薄薄礼物,衷心祝愿创刊七十周年的《人民日报》生日快乐!

　　(作者为中国文联副主席、中国电影家协会主席、国家话剧院一级演员)

悟透头条写好稿

刘 宇

我有一个坚持三十年的习惯，就是每天必看《人民日报》的头版头条。

三十年前，我正上中师。当时，学校为了让学生全面发展，成立记者团、文学社，鼓励引导学生采访、写作。起初我毫无经验，怎么写？写什么？很是茫然。

一天，我在学校阅览室的一本杂志上，读到一位作者谈写作体会，那就是——常看《人民日报》，吃透中央精神，再联系身边实际进行写作。从那之后，我也经常翻看《人民日报》，看上面登了哪些方面的内容，然后学着写发生在身边的类似的事，再向外投稿。这一着果然奏效，1988年春天，我的处女作见报。当年，我在省、市级报刊

「有力量的声音
我与人民日报」

上发表稿件四篇,其中一篇还获得《商丘日报》举办的征文大赛二等奖。

1989年8月,我自费参加当地报社举办的通讯员培训班。培训班上,多名授课老师反复强调,一定要研深吃透《人民日报》的头版头条,这使我感到,我常看《人民日报》的路子走对了。从此之后,每期的《人民日报》头版头条我必看。时间宽裕,我就全文读完;时间紧张,我就只看个标题。好在单位都订有《人民日报》,报纸很好找,为我看报提供了便利。

1989年秋天,我分配到县城一所小学任教。业余时间,在《人民日报》头条指导下,我积极采访、写作,作品越发表越多,并不时有作品获奖,引起有关单位关注。看我对新闻稿件的"火候"把握得准,1991年,永城县广播电视局把我调过去,专门让我编辑《永城新闻》。

一进新闻单位就编辑政治性很强的新闻节目,尽管年轻,我也没有胆怯,因为有《人民日报》的头版头条给我做指导。由于专职搞新闻了,所以我更加用心地研究《人民日报》的头版头条。我编辑新闻时的选稿原则是:凡与中央精神一致的稿件，大胆采用；反之，一律不予采用。就凭这一点，我当了二十多年的编辑，经手的稿件不计其数，从没出过任何问题。

经常研究《人民日报》的头版头条，不仅保证工作不出差错，还使我采编的稿件屡屡获奖。2015年，《人民日报》在2月2日发表社论，题目是《适应新常态　实现农业农村新发展》。联想到中央一号文件，我感到自己应该多深入农村抓"活鱼"，多写反映农民新生活的报道。当年，我采写的此类作品有两篇获2015年度河南省县级台新闻奖一等奖，分别是《"英才奖励基金会"让蒋大庄村英才辈出》《百岁五保老人儿孙满堂幸福多》。2016年，中共中央总书记、国家主席、中央军委主席习近平对生态文明建设做出重要指示强调，生态文明建设是"五位一体"总体布局和"四个全面"战略布局的重要内容。我还通过《人民日报》了解到，2016年是我国自然保护区发展的六十周年。我国有自然保护区两千七百四十个，约百分之八十九的国家重点保护野生动植物种类以及大多数重要自然遗迹在自然保护区内得到保护。当时我就想，保护野生动植物

> 有力量的声音
> 我与人民日报

资源，是全社会的事，可以说人人有责。当听说永城有个老工人，三十多年来坚持自制野生动物标本义务宣传保护野生动物时，我立即进行深入采访，写出《谢训海自制标本33年呼吁保护野生动物》一稿，获2016年度河南省县级台新闻奖一等奖。

多年来，我多次应邀到企业、学校和机关单位讲课，帮助培训通讯员。每次讲课，我都提出基层通讯员要养成每天看《人民日报》头版头条的习惯，因为只有"站在天安门上看问题，到田间地头找感觉"，才能写出上乘佳作。在网络发达的当今社会，随时随地都能看到《人民日报》的头版头条。其实，即使不是从事新闻写作的人，每天看看《人民日报》的头版头条，也是好处多多！

（作者为河南省永城市广播电视台主任编辑）

为红色娘子军读报

王路生

父亲离开我已有二十七年，他生前向我讲述的他与红色娘子军老战士的一段特殊缘分，为老战士读《人民日报》的片断人生，永远铭刻在我的心灵深处，并深深地影响着我的后半生。

1950年5月，海南岛解放。读过高小的父亲参加县里的工作队，参加清匪运动。有一天，他在乐会县府大院，第一次阅读到铅印的《人民日报》，欣喜若狂。恰巧这一天，红色娘子军第一连指导员王时香来县府办事，与父亲相逢时看到《人民日报》，便拿过来阅读。王时香童年时读过书，粗通文字。第二年，县里开展老苏区、老红军调查登记工作，父亲参与其中，深入红色娘子军诞生地阳江镇调查走访，

「有力量的声音
我与人民日报」

从此与红色娘子军一连连长冯增敏、二连连长黄墩英和指导员庞学莲、战士王运梅、卢业香等人结下不解之缘。当年，人们了解中央、省委的重大决策和工作部署，一是收听广播，二是阅读报纸。父亲下乡时，挎包里除笔记本外，还有一份《人民日报》。娘子军战士大都是文盲，父亲便义务为她们读报，让她们充分了解国内外大事和中央的重大决策部署。《人民日报》成为父亲与红色娘子军见面时的重要精神食粮。

在读报的日子里，尤其让娘子军高兴与自豪的是两件大喜事——1961年7月，电影《红色娘子军》上映；1970年，芭蕾舞剧电影版《红色娘子军》在全国上映。关于这两条文艺新闻，《人民日报》都发了消息，并刊发著名导演谢晋、著名演员王心刚等主创人员的创作访谈和观众的观影评论。父亲先后在不同的时间节点，召集大家聚在一起，为她们读报，共同分享这两部红色经典的艺术魅力。

父亲到宜兴出差时买回一把紫砂壶，正面刻绘的图案正是娘子军党代表常青指路图。农闲时节，王时香、王运梅、卢业香等一众战士便相约到父亲居住的老屋，围坐在一方

为红色娘子军读报

长方形黄蜡石桌旁，煮茗，叙谈，聆听父亲琅琅的读报声。这样的读报场景，在我童年的记忆里反反复复上百次。有时候，父亲读得喉咙干了，王时香便接着读。她们一边汲着紫砂壶冲泡出来的茶水，一边"听"报，《人民日报》的墨香陪伴她们度过惬意时光。

父亲工作很忙，他为娘子军战士读报，一是利用下乡时间见缝插针；二是节假日下去或王时香们登门时读报。尽管不是天天读报，但父亲与她们的那份友情，让《人民日报》成为这份特殊缘分中最重要的见证物。

父亲临终前一天，王运梅、卢业香登门探望。父亲叫我扶他坐起来，坚持要为老战士读报，但此时他说话十分困难。我索性拿过报纸，父亲握着我的手，缓缓地低声说："有机会的话，替我为她们读报……"

1991年春，我从临时的"替补"正式成为读报的主角。

尽管不是每一天上门读报，但每一次与老战士通话时我都会将《人民日报》上的重大新闻告诉她们，让她们熟知国内外的大事。七十年来，《人民日报》见证共和国的历史变迁，琼海也因是娘子军的故乡而备受《人民日报》

「有力量的声音
我与人民日报」

瞩目,曾有二十余篇报道在《人民日报》上亮相。而红色娘子军老战士们也从《人民日报》了解到与她们密切相连的多个重大历史节点。

2000年5月1日,红色娘子军纪念园开园,王运梅、卢业香、陈振梅、王先梅等娘子军老战士先后入园暂住,我也有更多的机会见到她们。每一次走进她们的大门,我都向她们敬礼,并大声喊道:报到!王运梅们便颤巍巍地站起来,同样向我回敬一个标准的军礼。这是我为她们读报前的常规动作,也是我与她们的一份心灵契约。

历史也有巧合。2001年1月15日,我在纪念园里和王运梅、陈振梅老人拉家常,正要为她们读报的当儿,来海南调研的时任人民日报社社长白克明进到纪念园。当王运梅知道是人民日报社的领导来探望慰问她时,显得非常高兴,她说:"《人民日报》是我们晚年生活中的精神食粮。想不到今天还见到人民日报社的贵客、稀客!我们与《人民日报》真的有缘啊!"白克明同志可能没有想到,在海南,他还见到一群由娘子军老战士组成的《人民日报》的特殊读者!此后几年间,人民日报社的张研农、谢国明等社领

为红色娘子军读报

导来琼海调研时都看望了娘子军老战士。

《人民日报》不仅是老战士的知音,也是一座友谊的桥梁。2006年冬,铁凝当选为中国作协主席。老战士王运梅从《人民日报》上得知此消息后对我说,代她和她的姐妹们写封信,祝贺铁凝妹妹当选中国作协主席,我应允写了信。2007年元旦,王运梅收到铁凝同志的贺年卡和新春祝福语,同时还收到铁凝同志的散文集。此后直到王运梅离世,王运梅和铁凝之间,每年新春都互通书信,互致问候。

每当我坐在老战士身边读报,心灵就又一次接受精神洗礼。她们在风雨飘摇的年代,坚定信仰、英勇作战、敢于牺牲的英雄气概;她们在和平年代,淡泊名利、乐于奉献的精神深深地感染着我,使我的人生观有了重要的支撑与观照。为她们读报,其实也是我一次次地阅读她们的精彩人生。她们通过"听"《人民日报》,了解我国在改革开放中不断前进的足音,了解中央的重大决策部署,了解祖国各地的新风貌、新气象、新作为。

2014年4月,在送别最后一位红色娘子军老战士卢业香时,我手持一份令百岁老人终生牵挂的《人民日报》。

> 「有力量的声音
> 我与人民日报」

我想让这份报纸在这样的时刻凝固成为不朽的诗魂,告慰英灵。一代琼花的巾帼传奇永远不会谢幕,她们与《人民日报》长达六十余年的特殊缘分,连同她们的家国梦,连同父亲和我为娘子军读报的幸福时光,永远铭刻于岁月的深处。

(作者为海南省琼海市新闻中心员工)

成长的力量

莫　测

从 1953 年在《人民日报》发表第一篇文章《刘玉花和房友好》算来，我与《人民日报》结缘已六十五年。作为一名由业余爱好者成长起来的版画创作者，如果说六十余年中我艺术上有什么成长，这与人民日报社的关心、支持和鼓舞是分不开的。

我 1928 年出生于江苏盱眙，没有经过专业的美术学校教育，画画纯粹是自己自小萌生的业余爱好。这个爱好一直伴随我的成长。参加工作后，我从常熟县委宣传部调到北京水利部，从江苏到北京，每一次调动基本上都是因为我有这个专长，或负责美术编辑，或负责治淮陈列馆和水利部展览设计。受新中国成立前轰轰烈烈的抗战木刻版

「有力量的声音
我与人民日报」

画影响,在常熟时我便开始学着木刻创作。1953年调到北京后,我不断拜访著名版画家李桦、黄永玉、王琦等前辈,并向他们请教,再加上实际工作需要,广泛接触祖国水利建设、基层生活和大好河山,阅历不断丰富、视野逐步开阔,更加激发创作热情,我便以画笔和刻刀来表达我内心的微笑和对生活的感受与热爱。正是基于对生活的切实感受以及我对版画发展规律的不断探索,我的版画从取景到构图都是根据不同题材、不同景象或者意境追求去创作的,很少有雷同。其实,艺术创作就像作家写文章,既不能抄袭别人,也不能抄袭自己,每一次创作都要闪现出智慧的灵光、闪耀出生活的温度,这既是艺术创作的首要准则,也是需要艺术家不断进行的自我突破。

除了来自生活的激励,推动我成长的力量就是报纸,尤其是《人民日报》对我更是意义非凡。第一次给《人民日报》投稿是在1953年,那时我才二十五岁。当时发表的并不是版画作品,而是我在深入基层中看到一对年轻人反对旧观念、自由恋爱的故事,就这种反抗精神我写了一篇通讯《刘玉花和房友好》并投寄给《人民日报》,得到

成长的力量

发表并被苏南等诸多地方报纸转载，这对我鼓舞很大。

时隔三年，1956年《人民日报》第二次刊登我的作品，但这次是我的版画作品《拿鱼》。《拿鱼》在《人民日报》发表后产生广泛影响——在莫斯科举办的世界青年美术展览上获得银奖，同时被苏联列宾美术馆、英国大英博物馆、中国美术馆等国家美术机构收藏，中国青年杂志的封面采用这张作品，其他媒体也进行转载，就此我"一举成名"。这特别坚定了我对木刻的学习和研究信心。一方面，在革命版画尚为主流的当时，我的风景式、抒情式的版画创作并未得到版画前辈们的充分肯定，但这一作品发表并得到充分肯定坚定了我追求生活感受进行版画创作的决心。另一方面，在1962年受经济不景气影响，我所在的《水利与电力》杂志停刊，于是我就到中央美术学院版画系进修，加入黄永玉工作室学习木刻。"自学成才"的我，在黄永玉先生的介绍下，加入了中国美术家协会版画组。当时，版画组的人都会定期聚聚，进行创作交流，这都给了我学习和深入研究版画的机会。从此，北京有关的美术活动特别是版画活动我都会参加，而且不管在什么时候我都坚持

「有力量的声音
我与人民日报」

认真地学和探讨，就此走上专业创作之路并得到专业领域认可，后来中国艺术研究院版画院聘请我去当顾问。

《拿鱼》发表后，我坚持给《人民日报》投稿，至今在《人民日报》上陆陆续续发表《水上猎人》《大别山中》《黄土高原新貌》等作品，发表次数达六十余次，样报我也都收藏至今，虽然不一定是整张的，但是我都会在上面写上日期，以示我对这份劳动成果的尊重。记得《拿鱼》发表后，得到人民日报社寄来的四十元稿费，这在当时来说相当有分量。

与其他媒体相较，我与《人民日报》的往来最持久也最深入——虽然我也经常向其他报刊媒体投稿，但与编辑没有往来，作品或者被刊登，或者石沉大海，但我与《人民日报》美术编辑之间建立了很好的友谊，我知道这都是基于《人民日报》和编辑对作者成长的关心和负责。一个画家或者一个作家，都是通过作品累积起来的，而报纸是检验作品好坏的一道重要门槛，尤其是作为党报的《人民日报》更不会随意挥霍它的版面。带着这份尊重，《人民日报》总是我投稿的首要选择，每次有新的创作而且自己觉得不错的，我就会第一时间投向《人民日报》，在《人民日报》发表的作品远比我在其他报刊上发表的要多。因为这对我来说意义是不一样的，我一直坚持这个观念，即《人民日报》是党中央的机关报，有着排头兵作用，作品能在《人民日报》上发表就证明它得到了肯定并会产生一定的社会影响，反之则说明我还需要再进步、再磨砺。就此而言，《人民日报》是我创作的重要试金石。

几十年来，我也是《人民日报》忠实的读者。每一次读《人民日报》尤其是文艺版，我都能深切感受到《人民日报》的高度和深度，给予我精神陶养。时至今日，年已九旬的我依然手握《人民日报》，这既是对我一路成长的追忆，也寄托着我对《人民日报》美好未来的一种希冀。

（作者为水利部离休干部、版画家）

「有力量的声音
我与人民日报」

四个剪报本

王开忠

我存有四个剪报本。

这四个剪报本都与《人民日报》有关。现在，它们整齐地摞在我的办公桌上。凝望着这摞剪报本，我思绪飞扬，又回想起那难忘的学习、写作生涯。

其中三个剪报本，是剪贴《人民日报》范文的本子，都很厚，有两个已经变黄，历经岁月烟雨。

事情追溯到半个世纪之前，那是1969年初，我入伍来到人民解放军铁道兵部队，分配在连队当文书。当时连部订的一份《人民日报》，是我们唯一的学习资料。每天学习，我都给战士读报上的重要文章。到了下月，要把报纸夹上的报纸拿下，我把报上有的社论、评论员文章剪下

四个剪报本

来,整齐地贴好,以便系统深入地学习。以后,我调到团机关、师机关、兵部机关以及铁道部、中宣部机关工作,这个习惯一直坚持,而且剪报的体裁不断丰富,不管是理论、评论文章,还是新闻报道、文艺作品,只要精彩、新颖,我都把它剪下来粘贴在剪报本上。剪贴的消息,或事例典型、主题重大,或聚集热点、关注民生;剪贴的通讯,或站位高远、大气磅礴,或编珠缀玉、细腻感人;剪贴的评论,或高屋建瓴、思想深刻,或文笔犀利、切中时弊……每天,我都要如痴如醉地翻阅、学习,有些特别好的作品,我常常看上十几遍,乃至几十遍,最后几乎都能背下来。这几个剪报本,成了我的学习乐园。

第四个剪报本是剪贴自己发表在《人民日报》上作品的本子。也很厚,半新半旧,上面较新,下面较旧,纸越向下越黄,淡黄,继而浅黄、深黄。

这个剪报本是上面所讲的范文剪报本派生出来的。由于我经常翻看范文剪报本,学习《人民日报》上的好文章,不仅提高了政策水平、增长了文化知识,还摸到各种文体的写作技巧,渐渐地产生给《人民日报》写稿的想法,想

「有力量的声音
我与人民日报」

写出像《人民日报》上那样的好文章。大概是1970年底，我就开始向《人民日报》投稿。从此，我既是《人民日报》的忠实读者，又是《人民日报》的忠实作者。

《人民日报》编辑素质很高，不仅业务强，而且热情助人，真诚对待作者。我和他们素不相识，但他们经常热情地对稿件提出修改意见，为我这个普通作者默默无闻地作嫁衣裳，这更激发我为《人民日报》写稿的热情。

岁月如流，一晃四十多年过去了，我居然在《人民日报》上发表一百八十多篇各种体裁的作品。其中，有刊登在头版重要位置的《原铁道兵"兵改工"作出贡献》《铁道兵转业5年建成6条铁路》等多篇消息；有刊登在头版重要位置的《痴心赤胆》等多篇通讯和理论版头条的《大力发扬思想政治工作的优势》等论文；刊登副刊版头条的《难忘铁道兵精神》被多家报刊转登、几十家网站转发。

范文剪报本是我重要的学习资料，作品剪报本是我辛勤的劳动成果，我把它们当成宝贝一样珍藏着、呵护着。

铁道兵走南闯北，这几个剪报本一直陪伴在我身旁，落过北疆的雪花，沾过南国的露珠，听过东海之滨的涛声，

四个剪报本

饮过黄土高原的风沙。跟随我时间越久,我对它感情越深。队伍三年两头搬家,我宁可扔掉箱箱柜柜等其他用品,这些剪报本从不舍得丢弃。凝望着办公桌上那摞保存完整、倍爱珍惜的剪报本,我心潮难平:是《人民日报》范文给我成长的营养和力量,是《人民日报》范文启发和引导我走上写稿之路。《人民日报》是我永远的精神食粮。在《人民日报》创刊七十周年之时,我要说一声:"《人民日报》,谢谢你!"

(作者为全国职工职业道德建设指导小组原副组长、中宣部宣教局原副巡视员)

「有力量的声音
我与人民日报」

三月香雪

铁 凝

上世纪八十年代初,我写过一个名叫《哦,香雪》的短篇小说,一个关于女孩子和火车的故事,香雪是小说的主人公。

上世纪八十年代初,我是一家文学杂志的小说编辑,工作之余我在小说《哦,香雪》那样的山区农村有过短暂的生活。还记得那是一个晚秋,我从京原线(北京—太原)出发,乘火车在北京与河北省交界处的一个小村下了车。站在高高的路基向下望去,就看见了村口那个破败的小学校:没有玻璃、没有窗纸的教室门窗大敞着,一群衣衫褴褛的小学生正在黄土院子里做着手势含混、动作随意的课间操,几只黑猪白猪就在学生的队伍里穿行……贫瘠的土地和多而无用的石头使这里的百姓年复一年在困顿中平静地守着日子,没有发现他们四周那奇妙峻美的大山是多么诱人,也没有发现一只鸡和一斤挂面的价值区别——这里无法耕种小麦,白面被认为是至高无上的。于是就有了北京人乘一百公里火车,携带挂面到这里换鸡的奇特交易:一斤挂面足能换得一只肥鸡。这小村的生活无疑是拮据寒酸的,滞重封闭的,求变的热望似乎不在年老的一代身上,而是在那些女孩子的眼神里、行动上。

我在一个晚上发现房东的女儿和几个女伴梳洗打扮、更换衣裳。我以为她们是去看电影,问过之后才知道她们从来没有看过电影,她们是去看火车,去看每晚七点钟在村口只停留一分钟的一列火车。这一分钟就是香雪们一天里最宝贵的文化生活。为了这一分钟,她们仔细地洗去劳动一天蒙在脸上的黄土,她们甚至还洗脚,穿起本该过年才拿出来的家做新鞋,也不顾火车到站已是夜色模糊。这使我有点心酸——那火车上的人,谁会留神车窗下边这些深山少女的脚和鞋呢。然而这就是梦想的开始,这就是希冀的起点。她们会为了一个年轻列车员而吃醋、不和,她

「有力量的声音
我与人民日报」

们会为没有看清车上某个女人头上的新型发卡而遗憾。少女像企盼恋人一样地注视无比雄壮的火车，火车也会借了这一分钟欣赏窗外的风景——或许这风景里也包括女孩子们。火车上的人们永远不会留神女孩子那刻意的打扮，可她们对火车仍然一往情深。

于是就有了小说主人公香雪用一篮子鸡蛋换来火车上乘客的一只铅笔盒的"惊险"。为了这件样式新颖、带有磁铁开关、被香雪艳羡不已的文具，她冒险跳上火车去做交易，交易成功，火车也开动了，从未出过家门的香雪被载到下一站。香雪从火车上下来，怀抱铅笔盒，在黑夜的山风里独自沿着铁轨，勇敢地行走三十华里回到她的村子。以香雪的眼光，火车和铅笔盒就是文明和文化的象征了，火车冲进深山的同时也冲进香雪的心。"世界那么大，我想去看看"——那时还没有三十多年后网上的这一声感叹，若有，香雪会是一个响应者吗？

《哦，香雪》发表于1982年的《青年文学》杂志，1983年春获得全国优秀短篇小说奖。获奖和被文学前辈肯定的喜悦心情尚未褪去，同年3月25日、26日的《人民日报》

三月香雪

"大地"副刊又连续两天刊载我的这篇小说,且配以大幅插图。插图表现的是小说中的一个场景:绿皮火车停在小村站台,香雪和她的乡亲们涌在车窗下,挟裹着车头喷吐的热腾腾蒸汽,利用那宝贵的一分钟,或结伴仰望车厢里那些陌生的面孔,或高举着荆编篮子向火车上的旅客兜售核桃、鸡蛋。插图作者不惜笔墨,将那人头攒动的画面描绘得细致、欢悦。后来我得知,《人民日报》极少刊登小说,更少连载小说,亦少有为小说配以这般隆重的插图。可以想见在当年,作为一个初出茅庐的业余作者,我接连读到那两天的《人民日报》的心情,那是意外的惊喜,是自我感动,也还有夹杂着虚荣心的亢奋。我在报刊亭买了那两天能够买到的所有《人民日报》,分别寄赠亲朋好友,并留出两份摆在书桌显眼处,每日"捧读"几遍。

1983年的那个春天,我不断接到读者来信,那些信来自不同的地方,写得热情、诚挚,信的主题是同一个:读者们在《人民日报》上读到了《哦,香雪》,他们喜欢这个小说,喜欢并心疼着香雪。我读着那些字体各异的来信,感受到当年一张《人民日报》的辐射力和影响力。正是通

「有力量的声音
我与人民日报」

过这张报纸，更广大、更偏远、平日里不看小说的人们得以认识了香雪。我应当感谢的还有香雪，她从深山皱褶里出来，走进了那么多普通读者的心。我那颗自我陶醉的心渐渐沉静下来，因为我所获得的荣誉，实在是那个变革的大时代给予一个青年作者远超出她文学才能之上的慷慨馈赠。

三十五年过去了，我也算写过一些小说。如今，当我在一些文学交流的场合同读者见面时，却还常常听他们讲起当年从《人民日报》上读《哦，香雪》的感受。一位在铁路系统工作的记者告诉我，1983年他在村里念初中，读到了《人民日报》上的《哦，香雪》，便渴望将来当个列车员，又神气又好谈对象。几年前的一次文学讲座中，一位金融业的职员告诉我，他是湖南人，当年因为读了《人民日报》上的《哦，香雪》，就决心一定要考上大学，从自己的小山村走出来见大世面。在这些年轻人身上，我看到一个醒来的民族打量自己那积极的惊异目光，一个时代那求变的、期盼新生活的势不可挡的行动力。而一个写作者,只有像谷穗对大地深深弯下腰那样,对生活深深弯下腰去,才有可能听见大山深处一个女孩子的心跳,才有可能捕捉到一个时代富有活力的脉动。

三十五年过去了,香雪的深山已是河北省著名旅游风景区的一部分,火车和铁路终于让更多的人发现这里原本有着珍禽异兽出没的原始次生林,有着可与非洲白蚁媲美的成堆的红蚁,有着气势磅礴的百里大峡谷,有着清澈明丽的拒马河,从前那些无用的石头们在今天也变成可以欣赏的风景。从前的香雪们早就不像等待恋人一样地等待火车,她们有的考入度假村做了服务员、导游,有的则成为家庭旅馆的女店主。她们的目光从容自信,她们的衣着干净时新,她们懂得价值,她们说:"是啊,现在我们富了,这都是旅游业对我们的冲击啊。"从前她们把旅游说成"流油"——"真是一桩流油的事哩"。而香雪们的下一代也已成人。

时间在前进,科学技术在飞奔,人类的物质文明在过去二百年里发生的变化远远超过了前五千年。我愿意拥抱高科技带给人类所有的进步和幸福,但巨大的物质力量最

「有力量的声音
我与人民日报」

终并不是我们生存的全部依据,它应该是巨大精神力量的预示和陪衬。如今,养育我们的山川大地已是日新月异,旧貌换新颜,为什么许多读者还会心疼和怀念香雪那样的连什么叫受骗都不知道的少女?我想起当年一位读者给我的信中写到,纯净的香雪涤荡了我们心头征战生活多年的灰尘。当我们渴望精神发展的速度和心灵成长的速度能够跟上科学发明的速度,有时候我们必须有放慢脚步回望从前的勇气,有屏住呼吸审视心灵的能力。遥远的香雪们身上散发出来的人间温暖和清新的美德,就依然值得我们葆有和珍惜。

1983年3月的《人民日报》在我手上已经发黄发脆,但我面前呈现的却是一场晶莹的香雪过后,如云如烟的山桃花怒放之后,鸟儿鸣唱,满目青山。

(作者为中国文联主席、中国作协主席)

镌刻下更美好的记忆

王 蒙

读《人民日报》,给《人民日报》写稿子以及看到稿子刊登于报纸,是我生活难舍难忘的一部分。

1956年初冬,给《人民日报》投过一纸短论,《关键在于质量》,谈文学题材与内容的关系,用的"思芳"笔名,后来发表出来。

我不能不想起1957年春天《人民日报》关于我的"少作"《组织部来了个年轻人》的整版文字,包括林默涵同志的保护性批评文章,然后是我的谦逊与正面的感谢与思考,最后是针对此前《人民文学》杂志编辑部对于作品的某些不妥修改而召集的座谈会的全文发表。

后来过了许多年,1979年底我得到约稿,写了短篇

「有力量的声音
我与人民日报」

小说《说客盈门》，在1980年初的《人民日报》文艺版上全文发表。《人民日报》是发表过小说的，上世纪四十年代末连载过袁静、孔厥合著的《新儿女英雄传》，受到读者热烈欢迎。1951年还发表过马烽的《结婚》。到了1980年初，我的《说客盈门》新年伊始就在这张曾经可望而不可即的报纸上与读者见面了。世道正在更新，潮流正在激荡，它的意蕴是人皆有感的。后来，许多同志多次向我提起此作，特别是周扬同志多次对我说起吕正操同志对此篇的夸奖。

也不能不提到，1988年我在文化部岗位上用笔名写的两篇评论文章《文学：失却轰动效应以后》与《自由与失重》。它有所提醒，有所忠告，是有的放矢的。这两篇文字都以显著位置刊登于《人民日报》。

后来的一个高潮是二十一世纪初，我在《人民日报》海外版"望海楼"栏目下连续发表二十多篇文章，内容与我担任过三届政协常委有关。我还被聘为该栏目的特约评论员。

近两年与《人民日报》的交往日渐走向理论领域。

镌刻下更美好的记忆

2016年9月19日，我的有关文化自信的评论文章《着眼民族复兴伟业 推进文化发展繁荣》在理论版发表；2017年8月的《旧邦维新的文化自信》，占了文艺评论版的整版。这些文字的发表，都有很大影响，有不少朋友与我进行了接续的讨论。

逝者如斯，不舍昼夜。"我与人民日报"，这是个普普通通却又触动心魂的题目。在《人民日报》创刊七十年之际，这个话题令人喜悦也令人感慨，令人肃然、浩然、沛然、跃然。我希望我与《人民日报》合作越来越通畅、越来越默契，镌刻下新的更美好的思想与文字的记忆。我希望《人民日报》与人民一道获得更大的成功。

（作者为原文化部部长）

「有力量的声音
我与人民日报」

《父亲》和开放的中国

罗中立

我和《人民日报》的缘分,与油画《父亲》直接相关。

1980年夏,怀着对大巴山的深厚情感,我借鉴照相写实主义手法,创作油画《父亲》。黝黑的皮肤,沟壑般的皱纹……我将大巴山农民真实的形象,毫无矫饰地搬上巨幅画布。我怀着忐忑心情,将作品送展。10月,《父亲》入选四川省青年美展;12月,作品被选送到北京参加第二届全国青年美展。

惊喜接踵而至——当年12月20日,《人民日报》从全国青年美展中单独选取《父亲》一画,刊登在第五版。《人民日报》的影响力和辐射面覆盖全中国,《父亲》很快便家喻户晓。一个月后,1981年1月17日,第二届全国青

《父亲》和开放的中国

年美展评奖结果揭晓，《父亲》荣获一等奖，《人民日报》次日刊登这条消息。《父亲》轰动全国。

几个月后，喜讯再次传来。年中，我接到《人民日报》美术副刊一位同是画家的编辑的来信，里面有一份公函——《人民日报》1980年优秀作品评选中，我的油画《父亲》作为除漫画之外的唯一一件美术作品入选，并发放稿费。优秀作品名录于5月6日第四版见报。继全国青年美展获奖以后，《父亲》再一次引发社会关注，并在国内外产生广泛而持久的影响。

在我们这一代人心中，《人民日报》传递的是党的声音。那个年代，全国的报纸非常少，报纸里有美术副刊的更少。能够在《人民日报》发表作品，是一个至高荣誉。特别是那时我只是一个在校生，在《人民日报》发表作品并获得报社奖项，对我的学业、我的人生理想以及艺术道路，都产生巨大推动力。所以对我而言，这段和《人民日报》的缘分十分难忘。

在纪念改革开放四十年这样一个重要时间节点，再来回顾这段历史，作为恢复高考后随着改革开放成长起来的

「有力量的声音
我与人民日报」

一代人，更是感慨良多。我作为大学三年级的在校生获奖之后，不但得以留校工作，还有幸得到江丰同志的推荐，作为新中国成立之后的第一批公派留学生赴比利时安特卫普皇家美术学院出国学习。当时，中国对外开放的大门刚刚敞开，出国和公派留学都是非常珍贵的机会，和现在出国如出差一般方便快捷的情形完全不同。面对外面的世界所带来的震撼与冲击，我用半年时间，逐渐找回自信：虽然我学习的是外来画种，但我不能用西方的语言讲述中国的故事，一定要用中国自己的艺术语言、逻辑和结构，讲述中国的故事，找到中国的文化自觉和文化自信。

1986年，怀揣更大的目标、更高的理想，在国外学习两年之后我回到母校，同四川美术学院一起，在改革开放大潮中拼搏。回想起来，从在四川美院附中读书，到"文革"期间分配到达县钢铁厂成为一名钳工；从恢复高考考入四川美院创作《父亲》，到之后开始创作《重读美术史》；从当老师，到当院长；从罗中立油画奖学金设立，到虎溪校区落成……我的整个人生历程、四川美院的发展，都跟改革开放息息相关。通过一个人、一个家庭命运的改变，也可以看到中国改革开放所带来的社会巨变。我们是一路走来的见证者，是在场者，也是参与者，媒体更是时代的见证。

"天气正好，下地干活"是我的座右铭。"天气正好"是赶上一个好时代。"文革"前后的经历，让我们这一代人更加珍惜好时光，各行各业都回到本专业潜心研究、创作。中华民族伟大复兴的梦想，在我们心中闪烁光芒。

一张画，改变了我的人生，给了我这么多殊荣和鼓励。正因如此，一直到现在，《父亲》当年在《人民日报》发表并被评为美术"金奖"，作为一个荣誉，不但镌刻在我的记忆里，也始终记录在我的艺术档案和简历里，伴随着我一生的艺术道路。这充满着我对这份荣誉、这段缘分的珍视，对更为开放的中国、更加美好的时代的向往。

（作者为中国油画学会副主席）

「有力量的声音
我与人民日报」

伴我"守"海疆

常树辉

我与《人民日报》的故事是从海上开始的。

上世纪八十年代,我应征入伍到南海的上川岛服役。那时的海岛条件落后,岛上与外界的联系途径只有三条:一是无线电密码发报,二是有线总机电话,三是部队登陆艇。前两条是部队机关处理军情要务和联系重要工作使用的,只有登陆艇与基层官兵密切相关。也就是说,岛上军民上岛下岛、各类物资的运进运出都是靠部队登陆艇这唯一的交通工具实现的。遇上台风登陆艇不能出海,岛上便会与世隔绝,少则三五日,多则七八天。除了每月组织看两三次电影、每晚集中收看中央电视台的《新闻联播》外,学习看报,尤其是学习《人民日报》成了海岛官兵生活的重要组成部分。

第一次集中学习《人民日报》是在海上"锚地"完成的。1987年1月8日,我729艇与另外两艘猎潜艇组成编队,赴西沙海域执行战备值班与军事巡逻任务,编队起航前接到上级传达的要认真学习《人民日报》社论的重要指示。因艇上报纸未到,支队政治部还专门派了辆"绿吉普"为编队送来1月6日的《人民日报》。

经一天航行,编队于傍晚时分到达西沙海域,指挥舰命令三艘舰艇全部抛锚,以艇为单位组织学习《人民日报》社论。当时编队只有一份报纸,需轮流学习。按计划先是指挥舰一号艇组织学习,然后是二号艇,我们艇是三号艇,安排在最后。二号艇快要学完的时候,艇长命令放下冲锋舟,并令由副枪炮长带队,由我和舱段班长三人组成拿报小组,驾舟到三海里外的二号艇上取报。

那天的西沙海域,适遇寒潮,风高浪急。冲锋舟行驶在茫茫大海上,轻如一叶。汹涌的海浪时而把我们抛向空中,时而把我们盖在浪中。副枪炮长姓余,是位刚招至部队的地方大学生,满腹经纶,责任心极强。他怕海水打湿

「有力量的声音
我与人民日报」

了报纸,一边指挥着航向,一边大声地叮嘱我用雨衣把报纸包好,并即兴给我讲起自己的体会:"……在我们部队,有两个武器:一个是我们操纵的枪炮武器,另一个是武装头脑的思想武器。《人民日报》是党报,是思想武器,我们要像爱护自己眼睛一样爱护好'思想武器'……"

安全返艇后,全艇官兵晚饭都没吃,即刻开展"锚地"政治理论学习。拉铃、开灯、全员集合,在凛冽海风中、在波涛汹涌中、在蔚蓝色的海防线上,大家不顾航行疲劳,搬着小马扎,端坐在甲板上,聆听教导员大声读讲《人民日报》社论。这个情景,至今想来,言犹在耳,令人难忘。

日常,艇上每周都安排专门的"读报时间"。这时候,甲板上、军港凉亭处,战友们经常身着海魂衫,围成一圈,认真学习读报。此时,《人民日报》常常会在我们水兵之间"流动"和"穿行"。最惬意的,是在周末或假日,一人独自到海边学习看报。有时沐浴着夕阳,有时迎着朝霞,有时躺在柔软沙滩上,有时闲坐在斑驳的礁石上,静静阅读《人民日报》。特别是当读到"大地"上精美的文章与灵动的文字,有时会凝望海天,陷入沉思。常有"闲坐海边读'大地',不知几时春已过"的感慨和体悟。

蛰居海上,守卫海疆,一晃十四年过去。有了心爱的《人民日报》的陪伴,孤独而漫长的海岛生活变得充实而美好。我从一名普通水兵成长为一名政工干部,先后有数百篇的新闻及文学作品见诸报端。这之中,《人民日报》给了我太多的教育、知识和力量。1993年春,我到北京《人民海军》报社学习进修期间,一次周末,独自骑车去了人民日报社。为了感谢《人民日报》的陪伴,我情不自禁向着"人民日报"四个大字敬了个军礼。在我心里,《人民日报》是那样的伟岸高大,又是那么的和蔼亲切;是那样的高不可攀,又是那样的触手可及。《人民日报》是精神高地,是知识园地,更是我的良师益友。

转业地方工作后,喜爱《人民日报》的习惯和初心始终未改。尤其是随着网络的普及,《人民日报》电子版点击即看,但我仍坚持订阅一份放在案头。夜深时,打开静读,那潮水般的思绪与情结,便会滚滚涌来。

(作者为广州海关技术中心专职党委副书记)

「有力量的声音
我与人民日报」

"口令"结交情

陈楚敏

忘记自己是什么时候开始关注《人民日报》的官方微信公众号。不过让我忍不住把《人民日报》公众号置顶，甚至下载客户端，天天打开刷看新闻，还带动周边朋友的效仿，是在今年的春节。

春节期间，《人民日报》连续几天不定时发布"口令红包"。这个红包不单是在微信公众号上发布，还有客户端。虽然知道抢到红包也没有多少钱，但还是觉得这是一件有趣的事。我带动几位朋友一起下载《人民日报》客户端，一起设定闹钟，在接近口令时刻前不断地输入口令，然后希望能抢到这份心意和祝福。

我记得我第一次抢到《人民日报》的口令红包，是年

"口令"结交情

初五在公交车上。当时我跟朋友一起绷紧神经,不断地刷新和确认我们输入的口令是否准确,最后闹钟在 19：59 响起来,我们一人负责倒数,一人不断点击"确定",最后我们都抢到的时候,几乎是要在公交车上欢呼起来!

当时的场景令我印象深刻,原来我可以跟一个从前在心里面十分遥远的一份报纸有如此近的距离,几乎整个春节我都在与全国众多读者一同参与着一件"喜事",而不自觉间我也不断阅读《人民日报》客户端、微信公众号里的内容,真实感受到《人民日报》用语精准、报道及时、分析有道,而且我也认真思考《人民日报》的文章与其他微信公众号、报纸的不同之处。我更加相信里面内容的科学性,记得"健康"专栏针对我们当代人很多不良生活习惯提出的改善方法,譬如之前有文章谈到"熬夜＝毁容"。阅读里面的内容,会发现字字珠玑,令我深受教诲,也规范我将作息时间调整得更加规律、科学。

虽然抢到的口令红包也不过是几元左右的零钱,但《人民日报》巧妙运用新媒体平台,有效结合当代人的生活方式,有效地拉近、拉紧了《人民日报》与大众的距离。《人

有力量的声音
我与人民日报

民日报》不但有新意,也有心意。借助这样的"红包契机",我的家人也一道在微信公众号里置顶《人民日报》,下载客户端,每天养成了翻阅的习惯。我们认为这是权威的信息渠道,也知道这是一张不断追求进步、生生不息的报纸。

一个简单的口令让我们结下深情。衷心祝愿我这位"好朋友"不忘初心,砥砺前行,我们永远置顶,永怀深情!

(作者为广州大学人文学院教师)

情系《人民日报》

徐新启

我去年退休了。每当回顾自己这些年走过的人生之路，都不禁从内心深深感激伴随我成长和生活的《人民日报》。

1977年，我担任家乡的农村大队党支部书记。一天，从《人民日报》上看到中央关于恢复高考的消息，一阵激动之后，我把这事告诉家人和乡亲。当时，许多人还不相信，于是我拿出《人民日报》，大家都争相传阅。得知这个消息后，我边积极工作，边学习备考，终于圆了自己的大学梦。

大学毕业后，在先后从事高校思想政治教育和地方教育行政工作期间，我把《人民日报》当作知心朋友，注意从报纸上发现与工作相关的事例和经验，《人民日报》成了我工作的指南和帮手。2000年底，我担任平江县委书记，

有力量的声音
我与人民日报

我所在的县是国家贫困县和著名老区,在扶贫攻坚、振兴老区经济方面,《人民日报》推介的扶贫典型和振兴经验,时常让我豁然开朗,助我走出思想上的困惑和迷雾。根据当地实际,我提出生态立县、开放兴县、工业强县的发展思路,顺着这个思路,全县的扶贫脱困和全面小康建设,十多年来成效明显。

2006年底,我担任岳阳市委常委、宣传部长。我和我的老朋友《人民日报》关系更加亲密了。我积极组稿、写稿、投稿,任职期间,《人民日报》头版几次刊登岳阳的新闻报道,我自己撰写的言论稿也被《人民日报》"今日谈"专栏采用。

此外,我积极推动学报用报,要求《岳阳日报》编委成员和各部室主任人手一份《人民日报》,所有编辑记者每天都要看《人民日报》,关注办报思路、文章风格、栏目版面特色等多个方面,边学边实践。我还经常把《人民日报》的一些好报道、好观点、好典型、好经验剪下来,寄送给县区和市直部门的负责人,建议他们阅读借鉴。我用手机短信向他们和基层干部具体推荐《人民日报》上报

情系《人民日报》

道的典型和经验。这些做法对推动攻坚克难和开阔领导干部视野，起到很好作用。

我为什么如此钟情于《人民日报》，这主要缘于这份报纸的独特品格和魅力。

作为党的喉舌，《人民日报》传递的是党的方针政策和重大决策部署，体现的是党中央的重要战略意图。《人民日报》具有鲜明的时代性，总是走在时代的前列，高奏时代号角，引领时代潮流。通过《人民日报》，我们既可以及时、全面、深刻了解改革开放给中华民族和中国人民带来的巨大变化，又能够在《人民日报》引领下，与时俱进登高望远，走上一个又一个精神高地。

同时，《人民日报》紧贴现实生活，服从服务于现实需要，通过重要言论和重大典型及成功经验，有力地引导社会舆论和社会思潮，推动改革开放的宏伟大业，促进中央决策部署的贯彻落实。《人民日报》有许多具备鲜明特色和重大影响力的精品栏目，如"今日谈""人民论坛""人民时评"等，以事论理，以物喻人，短小精悍，言简意赅，引人沉思，让人顿悟。读《人民日报》不仅是一种信息的

「有力量的声音
我与人民日报」

获取和深刻的学习,还是一种阅读过程的愉悦享受。

退休以后,我专门订了一份《人民日报》,看报、剪报和用报,仍然是我日常生活的必修课,兴致盎然,乐此不疲。这个爱好,会伴我终生。

(作者为中共岳阳市委原常委、宣传部原部长)

家的"党报情结"

吴协恩

我今年五十五岁,读《人民日报》的时间,差不多有四十年了。受父亲吴仁宝的耳濡目染和言传身教,我十几岁就喜爱读报纸看刊物,这当中的《人民日报》更是印象深刻。

我父亲直到八十五岁去世时,还有着坚持几十年雷打不动的习惯:每天读《人民日报》,每天听《新闻和报纸摘要》,每晚看《新闻联播》。在父亲的影响下,我也与《人民日报》建立了深厚情谊。

华西由穷到富、由小到大的变迁史,与《人民日报》有着割不断的缘分。1974年3月12日,《人民日报》在头版,第一次刊登有关华西村和我父亲个人事迹的文章《他能多

> 有力量的声音
> 我与人民日报

看几着棋》。文章对华西人靠肩扛手推改变贫穷面貌的艰苦奋斗精神，给予高度评价。

改革开放之初，1978年12月6日，《人民日报》头版刊登长篇通讯《农民爱这样的社会主义——欣欣向荣的江阴县华西大队》，还配发一篇评论员文章。在这之后的四十年里，我们的发展思路、富民举措等，也陆续在《人民日报》上显现。从九十年代的《华西新春新事多》《我与华西村的变迁》，到新世纪以来的《华西村的"世纪方略"》《丰年留客华西村》，再到党的十八大以来的《华西村产业升级先人一步》《取来致富经 学成脱贫技》，数十篇文章处处展现着华西迈上发展"快车道"的轨迹。特别是今年4月24日、25日，《人民日报》连续两天发表有关华西村和我的长篇报道，并配发评论文章《基层干部当"能破能立"》，这让我和全体华西人受到莫大鼓舞和有力鞭策。

在实际工作中，我通过对《人民日报》重要文章的学习和理解，政治理论水平得到不断提高，《人民日报》成了我的良师益友。《人民日报》与我们一起走过的美好岁月，永远珍藏在华西人和广大农民的心中。

家的"党报情结"

"精神比物质更富有,脑袋比口袋更丰富"。近年来,我们在村内对村民进行了"双送":送知识、送健康。特别是见到《人民日报》上刊登的好文章之后,我们在第一时间组织党村企班子成员学习,而且还通过"1+10党员联户制度",让九十五名党员及各自组织的八到十户村民一起学习领会。今年,是中国改革开放四十周年。我们华西人一直坚持着"解放思想不停顿,改革开放不止步"的矢志追求。《人民日报》也一直成为我们华西建成"农村都市"的"指南针"和实现百年企业、百年村庄目标的"加油站"。对我个人来说,更要努力在"乡村振兴"的第一线,奉献出自己更多的心血和汗水,真正做到像父辈那样:把老百姓过上幸福的生活,当成自己最大的快乐!

(作者为江苏省江阴市华士镇华西村党委书记)

「有力量的声音
我与人民日报」

一个我敬仰的地方

陈广西

因工作关系,这些年经常到北京出差,每次经过金台西路二号,我总是忍不住向里面张望,胸中洋溢起一种亲切、崇敬交织的特殊情怀。

我1980年7月师范毕业参加工作,现任顺河回族区委书记。回顾这三十八年来的人生经历,真切地感到我和《人民日报》确实有不解之缘。

为什么这样说呢?我至今清楚地记得1981年1月3日在《人民日报》一版"今日谈"栏目发表文章的前前后后。那是我刚刚参加工作的第一年冬天,到开封通许县下洼学校教初中语文。深夜天寒地冻,我独自一人在办公室批改完学生作业,习惯性地拿起报夹上的《人民日报》,

一个我敬仰的地方

看到一版上的"今日谈"栏目,不由想起前不久发生在自己身上的一件事,觉得如鲠在喉,不吐不快,于是就写了《药到一半病就除》的短文,第二天便寄给了《人民日报》。过了大约十天时间,晚上在办公室,改完作业随手拿起《人民日报》,一眼就看到了1981年1月3日一版上"今日谈"栏目的第一篇文章:《药吃一半病就除》。当时第一反应是,谁写了和我同题的文章,这么巧。再看文章署名是陈桂,更感到诧异。读完文章,才想起当时根本不敢有在《人民日报》上发表文章的奢望,怕被报社退稿,被人笑话,自己随手写了笔名。我十分激动,又无人可以诉说,兴奋地走出屋外,仰望天空。豫东的腊月是非常冷的,当时我却完全沉浸在春天般的暖流中。我怎么也没有想到,一个刚刚迈进十八岁的青年人,一个教书不到一年的初中老师,能在中共中央机关报上发表文章,这极大地激励了我,干起工作来总觉得有使不完的劲。

1997年11月,我调到尉氏县任组织部长后不久,向县委建议在全县开展"百村整建、三级帮扶"活动。由县里派出工作队,先取五十个先进村作典型提升,五十个后

有力量的声音
我与人民日报

进村进行整顿建设,取得了很好的效果。后来人民日报社摄影部卢传友同志到县里采访。我向他介绍了"百村整建、三级帮扶"活动,他听后说:"走,你们领我到下面看一看,我正想报道这方面的情况呢。"我立刻喊上部里的同志,一起陪他到离县城二三十里外的邢庄乡、庄头乡,实地走访村里的党员群众和县里驻村的工作队员。他边采访边拍摄,和大家亲切交流,一点也没有架子,直到晚上7点多才回到县里。他回去不久,2000年4月4日的《人民日报》上就发了四幅照片,并配发了相应的文字报道。《人民日报》这一宣传报道,极大地鼓舞了驻村工作队和基层党组织,也进一步坚定了县委的决心和信心,激发了方方面面的干劲和创造性。

从结缘《人民日报》至今,我一直是忠实的读者,无论在哪个岗位,读报剪报用报已成习惯。"副刊""今日谈""人民论坛"等,我每篇必看。不但我个人读报,我还建议由区委宣传部编制《新顺河文选》,区四大班子成员推荐文章定期选编,在我推荐的文章中,《人民日报》的文章是最多的。

一个我敬仰的地方

学习的目的是为了应用。坚持用报、倡导用报是我多年来的习惯。我任顺河回族区委书记后，在2015年初发现我区也和其他地方一样，出现由担保贷款公司非法营运而产生的一系列问题，其中问题楼盘尤甚，解决起来十分棘手。恰逢这时，2015年3月25日《人民日报》十六版登载了长篇报道《济南最大烂尾楼是如何收尾的》，我读后很受启发，立即让办公室的同志复印了十多份发给相关同志，参考济南的做法，制定出我区三个问题楼盘的解决方案，收到良好的效果，保持了社会的稳定，大家一致称赞。

类似的例子不一而足。毫不夸张地说，《人民日报》对我个人这么多年来在学习、工作上的帮助，实在不是一篇文章能说完的。我与《人民日报》的这种缘分，恐怕这一辈子也说不完、断不掉。她带给我的知识、力量和信心，使我受益终生。

（作者为河南省开封市顺河回族区委书记）

「有力量的声音
我与人民日报」

亦师亦友情谊长

靳国君

《人民日报》是伴随我六十多年的老师和朋友。

我每天都读《人民日报》。外出时,也要到报亭去买。买不到,回家要"补课",从头看起。

我对《人民日报》怀有特殊感情,始于少年时代。读小学四五年级时,能够看书报了,《人民日报》等报刊便是我的课外读物。那个年代,学生课业不重,每天放学后,我要去家附近的文化馆阅览室或邮政局阅报栏看报。冬天,有时天上飘着雪花,我和驻足阅报栏前的大人一起读报。纸香墨韵,恰如春风拂面。

我深深地被《人民日报》刊登的黄继光、邱少云、罗盛教等英雄事迹所感动,他们的形象镌刻在我幼小的心灵

亦师亦友情谊长

里。魏巍的通讯《谁是最可爱的人》，震撼着我少年的心。一篇又一篇好文章是滋养人的思想甘露、文化清泉。读中学、念大学，凡国内外大事，多从《人民日报》和省报得知。

大学毕业不久，我有幸调入黑龙江日报社工作，从此和新闻终生结缘。那时，全国新闻界学政治、钻业务，以《人民日报》为师，蔚然成风。我和同志们学习《人民日报》记者捕捉新闻的本领，看到写得好的消息、通讯、评论等，反复阅读、讨论，以求用好一支笔。而《人民日报》对各地新闻的重视，更推动地方工作，鼓舞新闻单位，我也深受激励和鞭策。

1980年8月23日，《黑龙江日报》一版刊发我采写的新闻《四个大学生救活"独生子"》，报道的是"文革"前毕业于北京航空学院、哈工大、清华大学、西北工大的四位大学生，受命挽救当时全省唯一一家为电视机等生产配套扬声器的工厂。他们依靠广大职工，进行科研攻关，打胜企业翻身仗，产品畅销全国二十二个省市，濒临倒闭的企业转亏为盈，面貌一新。随后《人民日报》发表一篇评论，以这篇报道为典型事例，论述干部队伍年轻化、知

「有力量的声音
我与人民日报」

识化、专业化的重要性和迫切性。我们工业编辑部主任和报社总编辑先后找我,说《人民日报》就此发表言论,我们要深入报道,要我再写篇通讯。省和当地工业主管部门以此为典型,贯彻落实党中央要求,引导打破论资排辈旧观念的束缚,大胆起用德才兼备的中青年干部。

改革开放初期,全国工交企业改革由推行经济责任制起步。1981年我和朱正高、张洪臣同志经过深入调查研究,采写了新闻《推行责任制要"量脚做鞋"不硬套》,在《黑龙江日报》发出。8月30日,《人民日报》在一版转发这篇报道,并加了编者按。

后来,《人民日报》先后发表我的《浅谈发展农村家庭企业》《记录伟大的历史》《老师,您好》《山水摄影应走出同质化》《京剧摄影也需画外功》等理论文章、评论、散文等作品。我深知一个作者能得到这样的支持与厚爱,须倍加珍惜,这是鼓励作者投身主流文化的正能量。

我和《人民日报》得结深谊,是二十多年前在省委宣传部工作时。那时的社领导邵华泽、张研农、梁衡等同志,都曾来黑龙江省调查研究。范敬宜、许中田、谢宏等社领导,

亦师亦友情谊长

均十分重视黑龙江省的新闻宣传。1998年夏季,黑龙江省发生特大洪水。《人民日报》驻黑龙江记者站的董伟等同志跟踪报道抗洪军民日夜奋战洪峰的英雄壮举,消息在抗洪前线齐齐哈尔、大庆、哈尔滨、佳木斯等地广泛传播,成为抗洪交响曲中的强音。

往昔如昨,历历在目。《人民日报》现在已是我家两代人的师友,我们日日相守,情深谊长,工作和生活中不可或缺。

(作者为黑龙江省参事室文史研究馆研究员、黑龙江省委宣传部原常务副部长)

「有力量的声音
我与人民日报」

我家两代人的党报情缘

张慰萱

灯下，浏览《人民日报》，是我多年的习惯，几十年了，从未中断。

《人民日报》创刊时，我刚进小学。记得我从初一开始，就接触《人民日报》，学习《人民日报》。可以说，我们"40后"这一代人是在《人民日报》的指引和伴随下成长起来的。

上中学时，学校宣传栏里有《人民日报》，印象中校长经常拿着《人民日报》在学校广播里宣读社论和重要文章。在那个物质生活匮乏的年代，人们的精神状态却丰富而饱满。我的父亲每天都会带回一份《人民日报》，尽管那时拿不到当天出版的报纸，一般都会迟滞几天，但大杂院里的人总是抢着借阅。于是我知道，《人民日报》，是

我家两代人的党报情缘

一张在那个年代所有人都离不开的报纸。

那时的《人民日报》，经常刊登劳动模范的故事和战斗英雄的事迹，这对我们这样在成长中的青少年是巨大的鼓舞。认真学习、掌握本领、建设祖国、报效国家，成为我们这一代人共同的理想和信念，是《人民日报》带给我们的重要影响坚定了我们的人生目标。

从中学到大学，《人民日报》一直是我们的教科书，也是我人生道路上的恩师。那时老师们讲政治、讲历史、讲语文的时候，常会引用《人民日报》上的文章或观点来佐证自己的说法。于是，那个年代，《人民日报》不仅是最权威的报纸，还是学术研究、思考问题、判断是非曲直的标准答案。

记得上师范大学一年级的政治课，我们数学系学的是辩证法。老师经常让我们分组讨论，每次讨论前都会学几篇《人民日报》的社论或评论员文章，然后再各抒己见。谁看《人民日报》多，谁引用《人民日报》的报道多，谁能够大段背诵《人民日报》的重要文章，大家就佩服谁。大学时，我去得最多的就是图书馆，每次都会从报架上取

「有力量的声音
我与人民日报」

下《人民日报》认真阅读。我还会抄摘报上喜欢的诗歌和格言。大学时摘抄《人民日报》的笔记本,至今我仍珍藏着。

大学毕业后,我走上讲台,成为一名中学教师、高中班主任。正是在《人民日报》长期潜移默化的影响下,我热爱教育事业,几十年来一直勤勤恳恳地培养我的所有学生。无论是成绩好的还是差的,无论是城市的还是农村的,无论是个性活泼的还是性格内向的,我都一视同仁,一样喜欢。因为我深知,每个学生都是我们老师的财富,师生之间要相互尊重、平等相待,他们才能不仅有好的学习成果,还能够有健全的人格、独立的思考以及视野的广阔和心胸的宽容。

在社会上一度片面追求升学率的所谓潮流中,《人民日报》接连发声,主张以德为先,呼吁全面发展,为我们在最基层工作的教师指明了方向、坚定了决心。在家教成风、收费盛行,不少教师甚至以辅导补习为挣钱目的的时候,我坚持课外辅导从不收费,而且三十年始终如此。正是《人民日报》关于教育和师德的一系列评论、理论文章和大量深入实际、深入生活的客观报道,坚定了我作为一

我家两代人的党报情缘

个人民教师应有的道义和情怀。赢得学生和家长的信任，为学生的成长夯实基础、提供台阶，远比物质和金钱更有价值。只有自觉维护教育的神圣和纯洁，才是一个教师一生最大的荣誉，也才是一个党员真实的、最朴素的党性。

也许是命运的眷顾，也许是机缘的巧合，儿子留学回国后考入人民日报社工作，又在这里认识了我的儿媳。我也从一个《人民日报》的忠实读者，成为《人民日报》的员工家属。儿子从一个从小就喜欢读历史看时政报刊的学生，成为服务于我热爱的这份报纸的新闻工作者，这于我这个母亲而言，真是莫大的喜悦。而同样在党报工作的优秀儿媳的出现，更让我对报社、对生活充满了感激之情。我由衷希望我家的第三代也能够成为《人民日报》记者，用自己的笔和真实的情感来记录这个伟大的时代。

在我青春的记忆中，抗美援朝战争胜利结束、第一颗原子弹成功爆炸、第一颗氢弹成功爆炸、中国重返联合国并恢复合法席位……这些伴随着伟大祖国国际地位不断攀升的一个个精彩难忘的瞬间，都定格在《人民日报》的头版报道中，那些图片、那些文字和蕴含在版面中的思想与

> 有力量的声音
> 我与人民日报

情感,都成为我们这一代人不可磨灭的美好记忆。今天,在这个开放时代,《人民日报》和她的新媒体,依然用深邃的思想、理性的视角以及客观公正的报道,为人们传递着来自党中央的政策主张,反映着人民的所思所想所愿,也向全世界发出响亮的中国声音。走过70年光辉历程的《人民日报》,用她的权威性和公信力,见证伟大祖国的光荣与梦想,也书写着伟大新时代的奋斗与荣耀。

《人民日报》70岁生日快乐——愿你永远年轻、朝气蓬勃,愿你忠实伴随着我们伟大的祖国和人民,见证辉煌、走向复兴!

(作者为江苏省南通市启秀中学退休教师)

感怀与祝福

把民族命运掌握在自己手中,做一个走到哪里都受到尊敬的堂堂中国人,是近代以来中华儿女为之奋斗的目标。中华优秀传统文化是中国人民奋发图强的精神动力,也是中华儿女安身立命之所。作为《人民日报》的老作者和老读者,愿《人民日报》坚守中华文化立场,不断谱写新时代新篇章!

——张岂之(思想史家、西北大学原校长)

近几十年来我国美术事业的繁荣是与《人民日报》的支持和推进分不开的。艺术家们在深入生活的基础上,或傍依民族传统或借鉴外来文化进行艺术创新的杰出成果,都在第一时间受到《人民日报》的热情关注和大力传播。在引领先进艺术思潮和提倡纯正艺术品格方面,《人民日

「有力量的声音
我与人民日报」

报》不遗余力地进行宣传,激励艺术家们为社会为人民贡献高质量的作品。美术界同人们深深感谢为《人民日报》编辑、出版和发行辛勤工作的朋友们!

衷心祝贺《人民日报》七十华诞,祝愿《人民日报》越办越好!

——邵大箴(中央美术学院教授)

近年来,《人民日报》为传承和弘扬中华优秀传统文化鼓与呼,影响甚大。中华文化的根本精神是以人为本的人文精神。人文文化是科技文化的灵魂,对于中国和世界的发展而言,都不可或缺。欣逢《人民日报》七十华诞,祝愿《人民日报》为弘扬中华文化、实现民族复兴做出更大贡献!

——楼宇烈(哲学家、北京大学教授)

说起来是三十九年前的事了。1979年的夏天,我正寄居在贵州猫跳河畔红岩电站的石头房子里,从早至晚地埋头创作长篇小说《蹉跎岁月》,这是一对男女知青冲破

"血统论"的樊笼，在插队岁月中经受风霜雨雪磨炼逐渐成长的故事。电站上几位年长的职工，听说我正在写的是这么一个故事，不无担心地说这样的题材能写吗？这是要冒风险的呀！他们的话说得我犹犹豫豫起来。恰在这时候，一个老职工从办公室拿来一张《人民日报》，指着一整版系统地从理论上批判"血统论"的文章道：这下你可以放心大胆地写啦！我抓过报纸，几乎是一口气把近万字的理论文章读完了！对于我来说，这一天的《人民日报》，犹如一场及时雨般那么金贵！

——叶　辛（中国作协副主席）

《人民日报》居然七十岁了！在孩子们眼中，七十岁是爷爷奶奶辈的年纪，但报纸不是人生，正像太阳每天都是新的一样，报纸每天都年轻，如露珠，如岚气，如云霞，一份属于人民的报纸，注定在七十岁生日时，应该拥有年轻的心态、年轻的祝福，当然还有年轻的未来。不为别的，只因为她拥有两个响亮而庄重的字：人民。

——高洪波（中国作协副主席）

「有力量的声音
我与人民日报」

　　《人民日报》是中国新闻领域当之无愧的排头兵，也是推动国家前进、社会进步的重要力量。《人民日报》高度关注文化事业发展，几代记者关于文物保护的报道对推动文物事业的发展起到了非常重要的作用，使广大读者进一步了解文化遗产保护者及其所奉献的事业。

　　值此《人民日报》七十华诞之际，祝她在大幅提升国家文化软实力和中华文化影响力方面创造更多辉煌业绩。

　　——单霁翔（故宫博物院院长）

　　小时候，读《人民日报》需要机遇：位于昭乌达报社大门口的阅报栏每周一才展示《人民日报》。我识字早并喜欢读字多的报纸。每周一从南箭亭子家属院走到报社阅报栏，欣欣然读报。那时五六岁，觉得好远啊。因为个子小，只读到版面的下半截，根据个人理解与上半截联成一体，但这也沟通了我与国家与世界的联系，得知好多地名以及闻所未闻的世界各地的消息，不禁揣想：世界好大，但《人民日报》是怎么知道这些事情的呢？

　　这些年，我给《人民日报》的"大地"副刊写过一些稿子，

感怀与祝福

写祖国大地的神奇风貌,亦欣欣然。我看到额尔古纳、罕山、西拉沐沦河等家乡的名字从我笔下出现在《人民日报》的版面时,生出"今夕复何夕,共此灯烛光"的感慨。时值《人民日报》七十华诞,祝她以更广阔的视野、更朴实的文风、更年轻的姿态在中国和世界的目光中矫健前行!

——鲍尔吉·原野(辽宁省作协副主席)

三十多年前,我在一个不通公路的偏僻山乡当小学教师, 周一次,驿道上的驮队会送来给养。除了生活必需品,还有一样重要的物品——《人民日报》。我们会第一时间打开那个绿色邮包,如饥似渴地从已经过期的报纸上获取外面世界的消息,以此证明我们不是生活在一个与外部世界相互遗忘的地方。没拿到报纸的人会要求手里有报纸的人大声读出那些消息。

我曾经是《人民日报》的义务朗读者。雄辩的社论,重大的事件,华美的文学。

很难想象,我们今天会进入这样一种信息极为充裕的时代,自己对信息也不再那么饥渴。即便如此,《人民日报》

> 有力量的声音
> 我与人民日报

和她派生的纸媒与网媒仍是我可靠的信息来源。

谨祝她更丰富,更坚定,更持久,更有活力!

——阿 来(四川省作协主席)

2016年,为配合杭州G20宣传,有关领导敦促我写一本介绍杭州的书。这对我是一次冒险之旅,尽管我对这个城市有感情,有关注,甚至有一定的深入了解,但一个长于虚构冥想的人,要对一个具体的城市做真实的记录,哪怕仅限于一方的报告,我感到我还远远不够。在至少阅读了七八十本跟杭州相关的书籍后,我鼓足勇气出发了,最后落成了一本十五万字的书稿。当我把一万多字的开篇《最美是杭州》寄给《人民日报》时,心里是忐忑的。感谢《人民日报》成全了一个城市的美好期待和我个人的荣幸之旅,至今想来仍然心存感激和荣幸。

祝福《人民日报》!祝福中国人民!

——麦 家(浙江省作协主席)